Duel

Dit Boekenweekgeschenk wordt u aangeboden door uw boekverkoper.

Joost Zwagerman

Duel

EEN UITGAVE VAN
DE STICHTING CPNB
TER GELEGENHEID VAN DE
BOEKENWEEK 2010

Stichting Collectieve
Propaganda van het
Nederlandse Boek

Uitgeverij De Arbeiderspers stelt alles in het werk om op milieuvriendelijke en duurzame wijze met natuurlijke bronnen om te gaan. Bij de productie van dit boek is gebruikgemaakt van papier dat het keurmerk van de Forest Stewardship Council (FSC) mag dragen. Dit papier, dat 100% chloorvrij geproduceerd is, heeft bij de productie niet tot bosvernietiging geleid.

FSC
Mixed Sources
Productgroep uit goed beheerde bossen en andere gecontroleerde bronnen.
Cert no. SGS-COC-1940
www.fsc.org
© 1996 Forest Stewardship Council

Productie: Uitgeverij De Arbeiderspers,
Amsterdam/Antwerpen
Zetwerk: Perfect Service, Schoonhoven
Druk- en bindwerk: GGP Media GmbH, Pössneck
Omslagontwerp: Nico Richter
Foto omslag: Photo Alto/First Light/CORBIS

NUR 300
ISBN 978 90 5965 104 3

Proloog

Godverdomme, die hand, die vuist! Jelmer Verhooff keek naar het opengereten canvas en merkte dat er ergens in zijn binnenste een jongetje probeerde op te krabbelen dat om zijn mamma riep. Nou goed, geen jongetje, een joch. Een grote vent. Een grote vent van negen jaar die bij het schoolzwemmen eindelijk duiken had geleerd en die aan het eind van die ene zwemles tijdens de laatste tien minuten van het 'vrij zwemmen' en onder het oog van al zijn klasgenoten onbevreesd de hoge duikplank besteeg, bijna zes meter hoog. Hij zou de hele wereld laten zien wie hij was.

De grote vent zette zich af met de voorkant van zijn voeten – en vanaf het ogenblik dat die voeten van de duikplank veerden en hij het water op zich af zag komen, wist hij dat hij een vreselijke vergissing had begaan; als een voedselzak die vanaf grote hoogte uit een helikopter wordt gedropt, viel de grote vent loodrecht naar beneden. Toen hij plat op zijn buik op het water terechtkwam, stond zijn huid direct in lichterlaaie. Eenmaal onder water (en nog steeds vlammend) zag en hoorde hij niets meer, en de grote vent wenste dat hij niet boven zou komen. Aan de rand van het zwembad stond natuurlijk de hele klas, achtentwintig leerlingen met ogen op steeltjes, die het niet waagden om te gaan lachen – dat gebeurde later die dag, in de blauw-witbetegelde kleedruimte en in de bus terug naar school, en dat lachen zou het hele schooljaar aanhouden, een tornado van gejoel en geschater.

Maar eerst waren er de handen die hij bij zijn rug en middel voelde. De badmeester bleek hem met kleren en al te zijn nagesprongen en loodste hem met vaste hand naar de rand van het bad. Proesten, hoesten, slikken, huilen. De grote vent moest op zijn rug blijven liggen op de koude tegels. Hij werd beklopt, bepoteld, de badmeester in zijn doorweekte shirt hield voortdurend één hand onder zijn nek.

Toen hij eindelijk mocht opstaan en wankelend op zijn benen stond, zag hij dat zijn schooljuf, die was toegesneld, wit van schrik naar zijn bovenbenen en buik staarde. 'Jongen toch, jongen toch...' Juf Vreugdehil droeg felblauwe plastic hoesjes om haar schoenen, een soort badmutsjes voor voeten.

Zijn buik was dieprood. Misschien, dacht hij, trok die kleur nooit meer weg. Zijn gezicht brandde het ergst.

De juf was naast hem neergehurkt en aaide hem met beide handen over zijn haar – ook dat nog. Dat gebaar was de genadeklap; de handen van juf Vreugdehil vormden de accolades rond zijn vernedering.

In de dagen nadat zijn hand, half tot vuist gebald, het canvas had geraakt, moest Verhooff meer dan eens aan die middag in het Sportfondsenbad terugdenken. Maar waren de twee situaties werkelijk te vergelijken? Wat kostte chloorwater eigenlijk? Hing er een prijskaartje aan al die kubieke meters water in het zwembad? Het water had hem gepijnigd, maar had hij op zijn beurt het water beschadigd? Kom, kom.

Over de waarde van het gescheurde canvas zou niemand kinderachtig doen. Die was – hij had het voor de zekerheid nagevraagd bij Olde Husink – een slordige dertig miljoen euro. Dat was een bescheiden schatting. En dan het modderfiguur dat hij had geslagen. Achtentwintig klasgenoten hielden, zo kwam het hem de rest van het schooljaar voor, niet op met lachen. Woehaa, daar had je baksteentje Verhooff! Als aan het licht zou komen dat hij eigenhandig *Untitled No. 18, 1962* had beschadigd, door wie zou hij dan tot aan het einde der tijden worden bespot en nagewezen? Hij moest reëel zijn: door – en ook dat was bescheiden geschat – de complete wereldbevolking.

Nee, dít is de proloog

Amerikanen kunnen het heel goed: een retorische vraag stellen, en die dan in ongeveer dezelfde bewoordingen bevestigend beantwoorden.

Is Muhammed Ali the best boxer of all times? I'll say, Muhammed Ali is definitely the best boxer of all times!

Zo dus.

Op precies dezelfde manier sprak de curator van het Museum of Modern Art in New York tijdens een diner met veel kunstcollega's in de stad over mijn tijdelijke onderkomen. De curator, een knappe jongen met blond haar, een scheiding in het midden en een half cirkeltje roos op zijn donkerblauwe blazer, raakte maar niet uitgepraat over mijn, ja, stunt – want dat was het wel een beetje.

Y'know, it's incredible if you think about it. Does Jelmer Verhooff have the most sensational loft in Amsterdam? Well, in my opinion mr Verhooff surely has the most sensational loft in Amsterdam!

Ik zei al: zo dus.

Sinds het van MOMA-*wege op deze manier is verwoord, is het officieel en onweerlegbaar: ik heb de spectaculairste woonstek van Amsterdam.*

Dat moet je onder Nederlanders natuurlijk niet zo direct uitspreken. Maar na het bliksembezoek van de Amerikaanse curator (in verband met een bruikleen van een Malevitsj uit onze collectie) blijf ik het toch zeggen: niemand in Amsterdam woont mooier dan ik. Mijn zitkamer is een halve museumzaal. Om maar iets te noemen.

Voordat bij anderen de afgunst oplaait, voeg ik er dan snel aan toe dat het 'maar tijdelijk' is. En als ik erbij vertel dat ik niet beschik over een badkamer of een douche en dat ik in dat spectaculaire onderkomen van mij in feite functioneer als een veredelde antikraakwacht, is ieder binnenbrandje van afgunst snel geblust.

Ondanks de geweldige locatie en het gigantische aantal vierkante meters is het ook wel afzien. Het onderkomen valt in de winter nauwelijks warm te stoken. En kun je een minimum aan huiselijke sfeer creëren in die kantoorvertrekken en de kleine museumzaal in de zogeheten Nieuwe Vleugel, die nu mijn huis-, werk-, zit- en slaapkamer vormen? Goed, ik heb uitzicht over het Museumplein, maar overdag lopen op dat grasveld allerlei vreugdeloze figuren hun hond uit te laten – want dat uit de kluiten gewassen plantsoen is natuurlijk één grote poepstrook, in het weekend bevolkt door de amateurvoetballers die hun slidings maken op een bedje van uitgesmeerde hondenstront en die bij een schot op goal – met twee hoopjes kleren als provisorische doelpalen – een stukje hard geworden bolus mee omhoogtrappen. 's Avonds en 's nachts is er nauwelijks verlichting, en die ene diagonale lijn die een streng geometrische lichtstreep over de grond moet trekken is altijd kapot, zodat er van de beoogde grandeur van een met futuristisch grondlicht opgesierd plein niet veel meer overblijft dan een sinistere vlakte, een duister vacuüm tussen Concertgebouw en Koninklijk Museum.

Intussen kan ik mijn geluk niet op. Ik bewoon een deel van de eerste en tweede verdieping van de Nieuwe Vleugel (die allang niet meer nieuw is en mettertijd zal worden afgebroken) van het Hollands Museum, en met dat wapenfeit in de binnenzak is het morsige grasveld van het Museumplein een bagatel. Aan één kant heb ik uitzicht op de bedrijvigheid van de Van Baerlestraat; aan de andere kant strekt zich die weidse vlakte uit en kan ik bij wijze van spreken naar binnen kijken in de directiekamer van het Koninklijk Museum, die is gevestigd in een kapitaal pand op een steenworp afstand van het gebouw van het Koninklijk zelf. Collega Henfling houdt daar kantoor. In mijn tijd als directeur van de Kunstloods in Rotterdam heb ik weleens, om een bruikleen van een Hobbema te bespreken, belet gevraagd bij Henfling. Aan de wand achter zijn bureau hing een binnenhuistafereel van Van der Helst, dat zó op zaal had gekund.

Ik ken vrijwel alle directiekamers van de Nederlandse musea van moderne kunst. Je komt overal wel een paar keer per jaar om over uitwisseling van programma's en bruikleen te praten. Waar vertoef je het best? Bij ons, aan het Museumplein. In het Van Effen in Eindhoven bevinden de kamers voor curatoren en directie zich half ondergronds. Door een rij bovenlichten aan de straatkant valt een spaarzame baan daglicht naar binnen. Personeelsleden van het Van Effen wisten te vertellen dat kunstenaars van het jolige soort vaak via die bovenlichten de directiekamer in klauteren wanneer ze een afspraak hebben.

In het IJzinga in Maastricht is de directiekamer op de begane grond en moet je om een hoekje kijken om de Maas te zien. Het uitzicht wordt je deels ontnomen door een flodderig terrasje. Verder staat iets ruigs en roestigs van Frank Stella nogal in de weg. In het directiekantoor van het Krammer-Steinbach, midden op de Veluwe, heerst zoals verwacht een pastoraal-arcadische sfeer. Soms rennen er haasjes langs de ramen. Geluiden van buiten blijven daar beperkt tot de grasmaaiers van de gemeente die in de zomermaanden wekelijks de gazons toppen. Natuurlijk wint de directeur van het Hofstadmuseum in Den Haag het van al zijn collega's. De architectuur van dat museum is zodanig dat de directeur er ook echt resideert, in een kamer die zelf een kunstwerk is. Maar niemand van mijn collega's heeft ooit in hun museum kunnen of mogen wónen.

Conservatoren en directie van het Hollands zetelen gedurende de verbouwing in de kantoren van het Hollands in het Westelijk Havengebied, waar ook de depots zijn, in een oude sigarettenfabriek. Ik forens 's ochtends van het hart van de stad naar de periferie, en 's avonds weer terug.

In de eerste maanden kreeg ik bezoek van politici, CEO*'s, mediatypes, schrijvers en kunstenaars die mijn woonstek van binnen wilden bekijken. Sommigen hadden het erover dat ze het wilden komen 'mee-*

maken'; alsof men een event *verwachtte. De meesten waren vrij snel uitgekeken op de drie kantoorvertrekken die ik had betrokken – de museumzalen zelf liet ik 'onbewoond'. Niemand had oog voor de vergadertafel, die door Donald Judd voor het Hollands was gemaakt. Tegenwoordig vertel ik soms aan gasten dat ze met hun ellebogen steunen op een échte Judd, met een waarde van anderhalf miljoen euro. Wie goede bedoelingen heeft, strijkt dan plichtmatig over het tafelblad, maar de meeste bezoekers drukken al even onwillekeurig hun rug tegen de stoelleuning, miniem achteruitdeinzend van ergernis. Je ziet het ze denken: hij moet het niet te dol maken, dat piepjonge directeurtje. Een groep studenten van de Rijksacademie zette grote ogen op; ze gaapten het tafelblad aan alsof Donald Judd er zelf ter plekke uit zou oprijzen. Ze sprongen, al zittend aan tafel, in de houding. Ik gaf hun een extra lange rondleiding.*

De meeste gasten vinden het vooral een belevenis om door de lege zalen te dwalen. Sommigen hebben er tientallen keren rondgelopen om tentoonstellingen te bezoeken, en nu alle zalen leeg zijn, zweeft er voor hen pure magie door het gebouw. Onbewoond en ongebruikt – lege ruimtes spreken altijd tot de verbeelding, niet alleen bij kinderen. In iedere man schuilt een balorig joch: zelfs als ze al bijna zestig zijn, moeten ze even iets door de zalen roepen. 'E-chooo!' Het lege gebouw geeft iedereen het – hoe zal ik het noemen – Night at the Museum-*gevoel, alleen dan zonder de kunstwerken die 's nachts tot leven komen. Je kunt niet alles hebben.*

Praktische details vindt men minder boeiend. Leeg of niet, de zalen moeten worden schoongehouden met het oog op de ophanden zijnde verbouwing. Dus het schoonmaakbedrijf werkt gewoon door. Ik moet daar niet van maken dat ik een werkster heb die voor vijfduizend euro in de maand de boel schoonhoudt, want dat riekt naar verspilling en bevoorrechting. En over de stookkosten zal ik het maar niet hebben. Dat zijn bedragen waar ikzelf ook even stil van werd. Toch had ik het in de wintermaanden authentiek koud. Op avonden in januari, als het Museumplein er op z'n duisterst bijlag, zat ik onder drie dekens op mijn chesterfield te rillen en kostte het niet veel moeite me te verplaatsen in de spreekwoordelijke kunstenaar op zijn zolderkamertje. Maar ook op dat soort momenten vergeet ik niet dat mijn onderkomen tijdelijk is.

Mijn woning zal verbouwd worden tot een van de indrukwekkendste musea van Europa. Dit is een zin als uit een jongensfantasie. Twee keer heb ik met mijn zonen de skates aangetrokken. We suisden als koningskinderen door de zalen. De entreezaal boven aan de trappen bood het grootste spektakel. Zonlicht plensde naar binnen door de grote dakramen. Hier en daar lieten we strepen achter op het bejaarde parket. Het maakte niet uit – niéts maakte nog uit, omdat alles goed was zo. Twee jongens en een man die een enerverende leegte bedwongen. In een van de zalen hadden we een provisorische finish aangelegd, met een oude voetbalvlag en drie aan elkaar geknoopte ceintuurs van oude ochtendjassen. Alle drie haalden we die finish. Het stadsgedruis van buiten was als een applaus op afstand, af en toe begeleid door een korte klingel van een langsrijdende tram in de Paulus Potterstraat. Een kunstpubliek zou onze rondjes op de skates vermoedelijk als een soort performance hebben opgevat. Maar dat publiek was er niet, en mijn zonen maakten nóg een ronde terwijl ik besloot de finish te bemannen, luisterend naar de holle roffel van de skates op de eikenhouten vloeren. Met die roffel stansten zij puur geluk in alle lege zalen. Later, toen ik weer alleen was, liep ik de skateroute na. Het was alsof Amsterdam was veranderd in een eeuwenoude en gigantisch grote eikenboom, met hoog in de kruin en verborgen in het lover een boomhut genaamd het Hollands. Hardop telde ik mijn voetstappen. Ik kwam uit op meer dan tweehonderd. Dat waren natuurlijk niet uitsluitend mijn voetstappen. Het waren mijn zegeningen.

I

Zelfs op zijn veertigste werd Jelmer Verhooff nog, door collega's en in de media, 'jong' genoemd. Hoe presteert iemand het om op die leeftijd al aangesteld te worden als directeur van het belangrijkste museum voor moderne kunst in Nederland? De woorden van één man vormden de basis voor zijn carrière. Verhooff zou nooit gewonnen zijn voor de hedendaagse kunst als hij niet tijdens zijn studietijd een lezing had bezocht van de Amerikaanse kunstcriticus Bernard Shorto, *The End Of Art As We Know It*. In weerwil van de titel was het een vitaal en optimistisch betoog over kunst en werkelijkheid, met als strekking de vreugde over het feit dat 'alles' kunst kon zijn, nu kunstenaars zich dankzij de idee hadden vrijgevochten uit de domeinen van atelier en werkplaats. Kunstenaars waren 'bedenkers' geworden, en dat was volgens Shorto geen verarming, maar winst. Voor de kunst. Voor de kunstenaar. En voor ons, degenen die die kunst bekeken, of liever gezegd: ondergingen.

Niet alleen die lezing leidde Verhooff naar de beeldende kunst. Achter het spreekgestoelte stond geen tobbende cultuurpessimist in een hip zwart pak, maar een monter heerschap in een lubberend houthakkersoverhemd. Hij was nagenoeg kaal en had een dikke, wollige baard. Hij oogde nog het meest als een eeuwig enthousiaste deelnemer aan de avondvierdaagse. Shorto bleek een onvermoeibare liefhebber van alles wat op het eerste gezicht mal en excentriek was in de kunst, maar dat, gezien door zijn ogen, een feest bleek van vrijheid, inventiviteit en eigenzinnigheid. Wie zijn leven wijdde aan nadenken en schrijven over kunst en daar zo goedgemutst en energiek onder bleef, was goed uitgerust om te fungeren als voorbeeldfiguur.

Wat beweerde Shorto verder? Doordat kunst zich steeds meer bewust was van de eigen kunstmatigheid en doordat tegelijkertijd het verschil tussen kunst en werkelijkheid was opgeheven dankzij Andy Warhols besluit dat een bepaald voorwerp, de Brillo Box, kunst was, was er een ongekende vrijheid ontstaan: dat 'einde' van de kunst bleek de facto een begin dat ongekende perspectieven bood. Verhooff hoorde het ademloos aan, nam na afloop deel aan verhitte debatjes in cafés en bij studenten thuis, zei nog net niet 'halleluja', maar hing wel zijn studie aan de wilgen en opende in de achterkamer van zijn pijpenla in Amsterdam-West een – nou ja 'galerie'.

Doordat Verhooff doortastend talenten oppikte in kunstacademies en galeries in de provincie, verhuisde zijn bedrijf, het was inmiddels begin jaren negentig, al snel wegens succes naar een voormalige steendrukkerij in het hart van de stad. Van daaruit slingerde hij, ondanks het feit dat de kunstwereld in een tijdelijke baisse verkeerde, spectaculair werk van jonge kunstenaars de wereld in.

Niet alleen kunstenaars uit 'zijn' stal werden een ster, Jelmer Verhooff werd het zelf ook. Hij ontving uitnodigingen uit het buitenland om tentoonstellingen te organiseren. Zijn Amsterdamse galerie bleef het hoofdkwartier en groeide uit tot een aanvoerhaven voor exposities in musea overal in Europa. En bij iedere activiteit die hij ontplooide benadrukte de pers in binnen- en buitenland zijn leeftijd. Nauwelijks de dertig gepasseerd, en nu al een halve kunstpaus.

Eind jaren negentig opende Verhooff in Düsseldorf een dependance. Een tijdlang verbleef hij meer in Duitsland dan in Amsterdam; hij keerde pas terug naar Nederland toen hij beide galeries had overgedaan aan getrouwen van het eerste uur, omdat hem het directeurschap van de Kunstloods in Rotterdam was aangeboden.

Zo werd Verhooff ruim vóór zijn veertigste museumdirecteur in 's lands tweede museumstad, en vijf jaar na die aanstelling was er in de gemeenteraad van Amsterdam een bijna sprookjesachtige eensgezindheid over wie de nieuwe directeur van het Hollands Museum moest worden: Jelmer Verhooff, zondagskind en duvelstoejager, sleutelfiguur op het gebied van artistieke bedrijvigheid, ambassadeur voor nieuwe Nederlandse kunst, onvermoeibaar organisator en, vooral, iemand die de kunst van het bewonderen feilloos beheerste zonder ooit af te glijden naar dweperij en populisme. Hij werd vooralsnog benoemd voor een termijn van enkele jaren.

Toen hij een klein jaar directeur van het Hollands was, kreeg hij twee tegenslagen te verwerken. De eerste was dat zijn huwelijk ontplofte. Zoals in actiefilms de held kan roepen dat iedereen dekking moet zoeken omdat er iets, een auto meestal, op exploderen staat, zo riep op een dag zijn vrouw tijdens een echtelijke twist dat *hij*, Verhooff, dekking moest zoeken. Na de daaropvolgende woede-uitbarsting kwam hij voorzichtig uit zijn schuttersputje tevoorschijn om beduusd naar de resten van zijn huwelijk te staren. Of hij een ander onderkomen wilde zoeken, zei zijn vrouw. Zij zou de kinderen houden, zei ze erachteraan.

Dit was de kleine tegenslag. Nooit is een vrouw, zo wil het cliché, een beetje zwanger, maar legioenen mannen zijn een beetje getrouwd. Verhooff was nog minder dan dat geweest; desondanks moest zijn huwelijk volgens de officiële kanalen worden ontbonden. Daar kwam veel kostenverslindend gekrakeel van advocaten en mediators aan te pas. Maar toen hij eenmaal gescheiden was veranderde er niet zo veel, omdat zijn huwelijk altijd in de periferie van zijn bestaan had gesudderd.

Verhooff miste zijn zonen, dat zeker. Tijdens schaarse momenten van zelfbeklag bekreunde hij zich om het feit dat hij hen nauwelijks zag. Maar dat gemis streepte hij weg tegen de opluchting dat zijn vrouw hun huwelijk de bomgordel had aangegespt. Na het opruimen van de door de scheiding aangerichte ravage strekte zich een inspirerend landschap uit, een opgeschoond leef- en werkgebied. Hij werd een typische kerst- en verjaardagsvader. Die jongens, die zouden zich wel melden als ze wat ouder waren. Dat kwam goed.

De tweede, veel grotere tegenslag kwam na een routineonderzoek van de Amsterdamse brandweer naar de staat van het Hollands Museum. Het deels verouderde gebouw bleek dermate brandgevaarlijk dat het onverantwoord was het museum nog langer open te stellen. Het gebouw was onveilig voor publiek, personeel én voor de honderden kunstwerken. Het Hollands kreeg van de gemeente Amsterdam zes maanden de tijd om de poorten te sluiten. Er moest een verbouwings- annex nieuwbouwplan worden opgesteld.

In de media kwam een geruchtenmachine op gang. Voor het eerst maakte Verhooff kennis met het fenomeen reputatieschade. Had de gemeente Jelmer Verhooff speciaal aangesteld in de wetenschap dat hij binnen afzienbare termijn een directeur zonder museum zou worden? Was hij een tussenpaus? Kon men zoiets een zwaargewicht wel aandoen? Was Verhooff mutatis mutandis dan niet een lichtgewicht, een om de tuin geleide dommekracht?

Aan de sluiting voor enkele jaren verbond de gemeente Amsterdam een ambitieus plan voor uitbreiding en gedeeltelijke nieuwbouw. In de zes maanden dat het Hollands nog open zou zijn, organiseerde Verhooff in hoog tempo een laatste tentoonstelling, die aanvankelijk *Reactions* zou heten. Twintig jonge Nederlandse kunstenaars – men mocht niet ouder zijn dan dertig – zouden 'in gesprek' gaan met een modern-klassiek meesterwerk uit de collectie van het Hollands. Iemand van de staf maakte bezwaar tegen die keuze. Zo zette je een aantal cracks van de generatie die rond de vijftig was buitenspel: Walter van Raamsdonk, Massimo Groen, Theo Eckhardt. Waren die namen niet onverbrekelijk verbonden met het Hollands, al was het maar vanwege de inmiddels legendarische tentoonstelling *The Amsterdam Dream* van eind jaren tachtig? Het pleidooi voor de *mid-career artists* leverde niets op. Die kunstenaars waren inmiddels al te gearriveerd, en een afscheid met deze oudgedienden zou niet bijdragen aan de reputatie van het Hollands als dynamisch kunstlaboratorium.

De titel *Reactions* ging van tafel, evenals de toevoeging 'kunstenaars in gesprek'. Dat klonk te non-descript en oudbakken. Wie het had verzonnen, kon Verhooff zich later niet meer herinneren, maar het werd: *Duel*. Met als ankeiler: *Dutch artists challenged by modern masters*. Zo suggereerde je krachtmeting, wrijving en, mogelijk, controverse.

Met zijn staf van conservatoren stelde Verhooff de lijst van jonge kunstenaars samen. Onder hen relatief veel fotografen en, zoals Verhooff het weleens quasi-oneerbiedig formuleerde, 'installateurs'. Aan ieder de vraag een klassieker uit de collectie van het museum te kiezen. Verhooff bleek, ondanks het feit dat de buitenwacht hem de ambtsketting van de eeuwige jeugd had omgehangen, niet *en detail* op de hoogte van de verrichtingen van de nieuwste lichting kunstenaars. Hij moest herhaaldelijk worden bijgepraat door zijn medewerkers. Toch was de lijst relatief snel gemaakt. Slechts een enkeling was omstreden.

Toen iemand de naam Emma Duiker noemde, brak er beschaafd tumult uit. De helft van de museumstaf vond haar reeks *Doppelgänger* spannend en confronterend. De andere helft noemde haar werk een gimmick, een foefje, dat zij al jaren bezig was uit te melken. Een over het paard getild wicht was het, dat in één moeite door haar status als betoverend meisje gewiekst uitspeelde. Had een man van vijftig dat werk gemaakt, dan had geen hond ernaar gekeken.

Verhooff hield zich afzijdig – hij had nooit van Emma Duiker gehoord. Zij bleek tot in het kleinste detail schilderijen van hedendaagse meesters na te maken, altijd met instemming van de kunstenaars in kwestie, die haar soms zelfs hielpen met informatie over praktische zaken als verfsoort en verflagen, impasto, pigmenten, bedoeking. Een enkele keer werkte Emma Duiker zelfs met röntgen- en microscopieonderzoek dat was verricht door restauratoren. Ze had zogeheten *doubles* gemaakt van werk van Sigmar Polke, Gerhard Richter, Jörg Immendorff, Cy Twombly en anderen uit de wereldtop. Het artistieke oogmerk hierbij was geen postmoderne potsenmakerij of vervalsingsgrap, maar het blootleggen van de ontstaansgeschiedenis van een kunstwerk, zoals Emma Duiker het zelf typeerde. In een vitrinekast die vlak bij zo'n nagemaakt werk stond, toonde Duiker allerlei documenten – brieven, restauratierapporten – en zelfs de gebruikte penselen, tubes en pigmenten. Die uitstalling onderstreepte nog eens dat zij niet kopieerde uit sensatiezucht maar uit fascinatie voor bronnenonderzoek, de ambachtelijke, technische en prozaïsche aspecten van hedendaagse meesterwerken. Verhooff begreep de controverse rond haar werk niet zo. Hij vond het allemaal van een bijna aandoenlijke degelijkheid, die je zelden tegenkwam in de hedendaagse kunst. Misschien vormden degelijkheid en *gründlichkeit* tegenwoordig voer voor controverse.

Maar een van de conservatoren schamperde over haar pretenties: 'Het kind haalt zelfs Bernard Shorto erbij. Hoe zei ze het ook alweer in een interview? "Als de kunst werkelijk een onbegrensde vrijheid geniet, waarom is de topkunst dan verboden terrein en mogen we alleen maar variëren, citeren, annexeren, en niet kopiëren? Waarom mogen we de oorsprong en de wording van hedendaagse kunstwerken niet onderzoeken en tot onderwerp nemen?" Zoiets. Dikke woorden hoor, om een heel dun statement te maken.'

De verwijzing naar Bernard Shorto nam Verhooff blind voor haar in. 'Mag ik wat werk van haar zien?' vroeg hij. Er werden hem enkele uitdraaien met daarop haar schilderijen, en een kunsttijdschrift en een laptop aangereikt. Verhooff wierp een blik op papieren en beeldscherm, zag een griezelig perfect werk van Gerhard Richter en een dito werk van Sigmar Polke. Vóór de werken was inderdaad een vitrinekast geplaatst met documenten. Verhooff wist niet goed wat hij van de kopieerlust van Emma Duiker moest denken – en dat beviel hem onmiddellijk. Ook de instemming van de 'gekopieerden' wakkerde zijn belangstelling aan. Het leek Verhooff een hele prestatie om als jonge Nederlands kunstenaar met die grootheden in gesprek te komen. Keek je naar haar werk met een welwillend oog, dan ontwaarde je een onmodieuze liefde voor het ambacht. In de marge van zijn door duizenden kunstwerken getrainde blik speelde zowaar enige ontroering op. Kopiëren zoals zíj het deed, met toevoeging van alle informatie over materialen en technieken, duidde op een onvermoede egoloosheid, op het opofferingsgezinde af, uniek in de hedendaagse kunst.

In het kunsttijdschrift stond een foto van Emma Duiker. Hij zag een meisje van achter in de twintig. Dat kon je zo zeggen, aangezien er tegenwoordig ook meisjes van midden dertig bestonden. Dit meisje had lang zwart haar dat fotogeniek krulde – maar je kon zien dat ze er niet van hield gefotografeerd te worden. Met een zweem van ergernis keek ze in de lens, alsof de fotograaf haar even tevoren een vervelend dilemma had voorgelegd.

Verhooff schoof laptop en kunsttijdschrift terug over tafel en zei: 'Nou, in dat na-apen is ze verdomde goed, moet ik zeggen. Wat mij betreft zetten we haar op de lijst. Als wij verdeeld zijn, dan is het publiek dat straks ook. Op oorverdovende consensus zit niemand te wachten.'

Het Hollands veranderde in de weken voorafgaand aan *Duel* van een museum in een broedplaats, om dat verpolitiekt geraakte woord te gebruiken. Restaurant, boekhandel en bibliotheek werden ontruimd, alle kunst verdween uit het gebouw, en de twintig *Young Turks* namen voortvarend bezit van de lege zalen. Aan schilderen deed vrijwel geen van hen nog. Wel bewerkten ze in de verschillende zalen gedeeltes van muren en een enkele keer ook het plafond (dat kon en mocht, gezien de ophanden zijnde verbouwing), plantten ze vlaggen op het dak en blindeerden ze ramen (in een 'confrontatie' met een klein en kleurig werk van Wassily Kandinsky). Ze sleepten samen met hun assistenten allerlei voorwerpen naar binnen die nog het meest deden denken aan verwaarloosd huisraad. Zoals Verhooff tegen zijn staf weleens zei: 'Veel jonge kunstenaars zijn installateurs die installerende installaties installeren.' Hij voelde zich altijd geroepen eraan toe te voegen dat hij dit niet ironisch bedoelde, wat niemand geloofde, hijzelf ook niet.

Licht ontheemd liep Verhooff in die weken door de museumzalen. Hij zag in de activiteiten van de jonge garde nogal wat vooroordelen tegen hedendaagse kunst bevestigd. Sinds het verdwijnen van de schotten tussen, uh, object en concept kon 'alles' kunst zijn, daarin gaf Verhooff Bernard Shorto nog steeds gelijk – maar dat hoefde natuurlijk niet te betekenen dat alles ook kunst móést zijn... Te zien aan de doorgezaagde boomstammen, volgekalkte beddenlakens, kooien met levend gevogelte en jutezakken met grind die nu over en in de zalen waren verspreid, waren de uitverkoren jongeren een andere mening toegedaan. De jonge hemelbestormers leken gedurende hun voorbereidende activiteiten beurtelings op verhuizers, dierenverzorgers, bouwvakkers, variétéartiesten, timmerlieden, standwerkers en marketingjongens – met kunst associeerde je het niet direct.

Van de twintig uitverkorenen had alleen Emma Duiker zich niet in het museum gemeld. In plaats daarvan was zij dagelijks te vinden in het museumdepot in het Westelijk Havengebied. Daar, in een van de restauratieateliers, werkte zij in een witte werkmansjas aan een kopie van het modern-klassieke meesterwerk van haar keuze, *Untitled No. 18, 1962* van Mark Rothko. Dat deed zij met engelengeduld en met een toewijding die deed denken aan de stille arbeidzaamheid van het team van restauratoren van het Hollands. Speciaal voor haar was Rothko's meesterwerk van het gelagerde rek uit het depot gehaald. De verplaatsing van zo'n kostbaar werk van depot naar restauratieatelier was een operatie die precisie en uiterste zorgvuldigheid vereiste. De afdeling Conservering en Behoud had het aantal 'bewegingsmomenten' voor *Untitled No. 18* in een rapport genoteerd, en pas daarna mocht Rothko's werk worden verplaatst.

Untitled No. 18 was een kleiner schilderij dan Rothko doorgaans maakte. Meestal waren zijn werken uit het begin van de jaren zestig om en nabij de twee bij drie meter, maar bij *Untitled No. 18* bleef zowel de lengte als de breedte onder de één meter. Verder was het in alles een typische Rothko. Twee kleurvlakken, blauw en dieprood, werden omkranst door een kalm opgloeiend geel – het waren de Mondriaankleuren, maar in deze driekleur van Rothko ontbrak Mondriaans heldere strengheid. Het rood en het blauw leken te trillen als een landschap in laaiende hitte

– maar een íéts ander blikveld en beide kleuren spoelden als het koelst denkbare water over je heen. Verhooff kon er als de eerste de beste jongejuffrouw door overrompeld worden: dit waren niet uitsluitend kleuren – dit waren de elementen. Kleur als water en vuur, kleur als opgloeiende aarde en stil suizende lucht. Maar ook kleur als toneelmatig drama, kleur als serene vertelling, kleuren die, zoals Rothko het zelf had omschreven, 'ademden'. Dat effect werd bereikt door met beleid de dunst mogelijke verflagen op het doek aan te brengen, met sponsjes, met vingertoppen, met doekjes, met een penseel dat het linnen kon bestrelen als een meisjeshand een jongenswang.

Wie deze praktisch onkopieerbare kunstwerken van Rothko tóch wilde namaken, moest als een restaurator archeologie op het canvas bedrijven, alle lagen doorvorsen door monsters te nemen of infraroodstraling te gebruiken, om de lagen onder de lagen bloot te leggen. Zo ging ze ook te werk, op het eerste gezicht als een kopiiste, maar zelf vond ze zich eerder een uitvoerende artiest. Zo zei ze het tenminste tegen Verhooff toen hij haar een keer opzocht. 'Componist' Rothko kon op verschillende manieren worden vertolkt, en zij poogde met haar vertolking van *Untitled No. 18* méér dan een gewone 'uitvoering' te maken; ze deed een gooi naar het blootleggen van de ziel van de maker.

Trouw volgde Verhooff die maanden in de aanloop naar *Duel* haar vorderingen. Haar krullende zwarte haar droeg zij opgestoken, en in haar witte werkmansjas deed ze hem denken aan een nijvere apothekersassistente. Emma Duiker deed er relatief kort over om de kopie te voltooien. Soms had ze twee assistenten bij zich, die ze 'haar jongens' noemde. Het waren studenten van de Rijksacademie, die eindeloos bezig waren met de ambachtelijke kanten van de 'vertolking', toegespitst op het analyseren van infraroodfoto's van de originele *Untitled No. 18* en het mengen van pigmenten.

Maar op andere dagen waren haar jongens haar, al even eindeloos, aan het filmen. Emma zat op een ronde kruk met draaibare zitting. Emma keek. Emma zat. Emma las. Emma keek. Emma zat. Emma las. Als een actrice die was ingehuurd om een ambachtelijk ingestelde kunstenaar te spelen.

Hij wist wel beter. Terwijl in het Hollands negentien rauwdouwers met grof geschut de zalen veroverden, was in de depots een monnik aan het werk, een toegewijd kopiiste die uit de wereld van vóór de mechanische reproductie onze tijd in was gekatapulteerd. Dat was niet overdreven romantisch uitgedrukt. Van het resultaat stond Verhooff perplex. Zijn vrees was even dat zo'n kopie het origineel van Rothko zou ontheiligen. Dat was niet zo. Emma Duiker had *Untitled No. 18* niet zozeer gekopieerd, als wel *uitgebreid*. Op een onverwachte manier was dat troostend.

Na de feestelijke en massaal bezochte opening van *Duel* waren het in de recensies niet de lawaaimakers en aandachttrekkers die domineerden, maar die ene figuur die nog ouderwets had *geschilderd*. Eén criticus trok net als Emma zelf de vergelijking met een uitvoerende artiest. 'Zoals de wondervioliste Hilary Hahn bij het vertolken van Bachs *Chaconne* met schijnbaar gemak de indruk wekte te kunnen afdalen in de ziel van de componist, zo reikt Emma Duiker naar het innerlijk van de zo getourmenteerde Mark Rothko, wiens werk zij niet vervalst maar vertolkt.' Juist door die vertolking, aldus de recensent, bood Emma Duiker een glimp van het sublieme van een van Rothko's teerste, fragielste werken. En die prestatie was op zichzelf evenzeer subliem. De recensie verscheen twee weken na de feestelijke opening. Na enige aarzeling besloot Verhooff haar op te bellen. Dat gesprek verliep niet makkelijk. 'Ik weet niet zo goed wat ik moet zeggen,' zei Emma Duiker, en van de weeromstuit wist Verhooff dit na zijn felicitatie ook niet.

Het publiek had nauwelijks oog voor de zielsontleding door Emma Duiker. Een half oog was al een hele inspanning voor de gemiddelde bezoeker, die veel meer geïmponeerd was door het grote gebaar elders in het museum. Want ja, even verderop waren complete zalen verduisterd, terwijl in weer een andere zaal luidruchtige windturbines grote blauwe lappen aanbliezen. Te midden daarvan hing een eveneens blauw werk van Yves Klein uit de schatkamer van het Hollands er, vond Verhooff, nogal ongemakkelijk bij. Eén zaal verder was die goeie ouwe machine van Jean Tinguely, sinds jaren in de collectie van het Hollands, ingebouwd in een nóg grotere machine van stalen platen en ijzerconstructies, die nóg meer lawaai maakte. Elders in het gebouw flitsten laserstralen of dreunden paukenslagen die door speakers werden versterkt. Het was kortom kermis in het Hollands. En het publiek bevond zich nu eenmaal liever op de kermis dan in een kloostercel; vrijwel iedereen ging voorbij aan de eeneiige tweeling *Untitled No. 18*, die zonder toeters en bellen op zaal hing.

Internationaal bleek *Duel* geen blockbuster; de tentoonstelling trok weinig toeristen, en niet één krant van over de grens had een verslaggever naar Amsterdam gestuurd. Maar de Nederlanders zelf, en de Amsterdammers in het bijzonder, namen massaal voorlopig afscheid van hun Hollands. Doordat het gebouw verder leeg was gehaald, verspreidde *Duel* een sfeer van tegendraadse rommeligheid. Al snel ging in de stad het gerucht dat het Hollands na sluiting natuurlijk niet zou sluiten; het gebouw moest worden gekraakt, zodat er tijdelijk ateliers in konden worden gevestigd. Toen dit gerucht Verhooff bereikte, bracht het hem op het idee waarmee hij later de internationale pers zou halen. Een week voordat de tentoonstelling ten einde liep, maakte het Hollands Museum via een persbericht bekend dat de directeur himself voor onbepaalde tijd het leegstaande museum zou betrekken, als antikraakwacht.

Het einde van *Duel* betekende dat de allerlaatste kunstwerken het Hollands Museum verlieten. Die exodus werd, geheel in de geest van de tentoonstelling, een vrolijke chaos. Voor de twintig klassieken van het Hollands kwamen geklimatiseerde vrachtwagens van kunsttransporteurs voorrijden. Medewerkers van de afdeling Emballage van het Hollands Museum pakten de werken in volgens de richtlijnen van het kunsttransport. De werken van de meesters verdwenen in blauwe klimaatkisten of kostbare Turtle-boxen. Tegelijkertijd braken de jonge kunstenaars en hun assistenten hun installaties af; allerlei materialen werden zonder veel beleid overgeheveld in bestelbusjes, gehuurde wagens met open laadbak en zelfs, o eeuwige romantiek, in bakfietsen. Al met al liepen er een kleine honderd mensen rond in het museum dat op sluiten stond.

Twee dagen na het opbreken van *Duel* verscheen er een kleine verhuiswagen bij de zijingang van het Hollands aan de Van Baerlestraat. Vier verhuizers brachten Verhooffs inboedel naar binnen. Verhooff had twee vrije dagen opgenomen. Het aanbod van vrienden om te helpen uitpakken had hij afgeslagen. In zijn dooie eentje bracht Verhooff in de kantoorvertrekken van het Hollands zijn bezittingen op orde en dwaalde met tussenpozen door het lege museum, als een dromerig joch – een grote vent – door een ontmanteld pretpark.

Betekende het succes van *Duel* en de tijdelijke sluiting van het museum dat er een verhaal ten einde kwam? Zo was het niet, wist Verhooff. *Duel* vormde slechts de opmaat voor wat komen zou: de nieuwbouw, de uitbreiding, en de ongetwijfeld grandioze heropening, de wedergeboorte van het gebouw, de collectie, de reputatie. Verhooff ging ervan uit dat na die eerste termijn onvermijdelijk een tweede zou volgen. Vlak na de bekendmaking van de gedwongen sluiting had de gemeente Amsterdam vijf internationaal befaamde architecten uitgenodigd een plan voor de nieuwbouw van het Hollands in te dienen. Verhooff had meebeslist over de keuze van het ontwerp en de details omtrent de verbouwing en nieuwbouw.

Voor de buitenwereld zouden het Hollands en hijzelf tijdelijk naar de achtergrond verdwijnen, maar in werkelijkheid moest het verhaal van zijn directeurschap nog beginnen.

2

Een kleine acht maanden na *Duel* ontving Verhooff een e-mail van Olde Husink waarin deze vroeg om een gesprek, nog diezelfde dag. Verhooff zat aan zijn bureau in de geïmproviseerde directiekamer in de depots aan het Westelijk Havengebied. Werktuigelijk mailde hij terug. Olde Husink was een van de vijf restauratoren die in vaste dienst waren van het museum. Hij was de oudste van de vijf en had onder vier directeuren gewerkt. Toen Verhooff met zijn galerie begon, had Olde Husink er al vijftien jaar op zitten, waarin hij doeken van de groten van de twintigste eeuw, Picasso, Braque, Matisse, onder handen had gehad. Aan vrijwel alle topstukken in het Hollands had Olde Husink ooit met de penseel wel iets hersteld. Maar nooit had hij herschikt, herschoven of herschapen, en dat maakte hem een *lone wolf* te midden van zijn jongere vakgenoten, die steeds vaker te maken kregen met installaties waarvan een tl-buis kapot was gegaan of een of ander aandrijfmechaniekje het had begeven, en die dan vervolgens zo'n onderdeel in een handomdraai vervingen.

Promotie had hij nooit gemaakt; zonder dat hij er moeite mee leek te hebben volvoerde Herman Olde Husink, achter in de vijftig, het edele handwerk in het restauratorenteam. Verhooff zag de mensen van de afdeling Conservering en Behoud zelden. Via de postvakjes of e-mail stuurden de restauratoren hem memo's en rapporten over beschadigde, bestofte of juist recent gerestaureerde werken uit de collectie. Het restauratieteam vormde een eiland binnen het museum.

Alleen Olde Husink nam weleens de moeite om per personeelsbootje naar het vasteland, in casu zijn directiekamer, te roeien, vrijwel altijd om restauratieve mieren te neuken. Jonge kunstenaars die hem in het museum tegen het lijf liepen, verkeerden soms in de veronderstelling dat Olde Husinks kleding en voorkomen 'retro' waren. Hij droeg geperste witte overhemden en smalle stropdassen, zijn pakken gingen al decennia mee en zijn gezicht met de scherpe, calvinistische kaaklijn werd gedomineerd door een bril die uit de jaren vijftig leek te stammen. In werkelijkheid waren alle turbulenties op modegebied aan Olde Husink voorbijgegaan; als iemand hem zei dat hij in zijn jonge jaren vermoedelijk een fan was geweest van bands als Devo of Kraftwerk, knikte hij schaapachtig om maar snel van het onderwerp af te zijn.

Olde Husink was de enige van de afdeling Conservering en Behoud die niet reisde. Dat maakte de uitoefening van zijn vak er zacht gezegd niet makkelijker op. Als er bijvoorbeeld iemand van het museum naar Londen moest om in de Tate Modern een bruikleen te bezorgen, dan wist men dat Herman Olde Husink daarvoor niet beschikbaar was. Hij had zo min mogelijk contact met zijn vier collega's van de afdeling. Als een heremiet zat hij in zijn restauratieatelier. Hij kon tijdenlang tegenover een kunstwerk-op-ezel zitten zonder zich te verroeren. Na zo'n roerloze sessie pakte Olde Husink dan een penseeltje nummer nul, tipte een kleur op het doek, leek te schrikken van zijn handeling, werkte zijn minieme ingreep weg met een in water gedrenkt wattenstaafje, en viel terug in zijn staat van roerloosheid.

Soms droeg hij een rubberen halfmasker, en na het verrichten van een ingreep op een kunstwerk verschenen daar minieme golfslagjes in. Dat betekende dat Olde Husink sneller dan gewoon ademde, geagiteerd door dreigende glansverschillen van de vernis die hij zojuist had aangebracht. Zijn collega's lieten hem met rust tijdens deze gevechten. Zij wisten dat hij bezoek niet op prijs stelde. Alleen Verhooff ontving op gezette tijden een teken van leven.

Op zijn antwoordmail kwam direct een bericht van Olde Husink. Dat hij, indien het Verhooff niet ontriefde, graag per direct zijn 'kwestie' met hem wilde komen bespreken. Verhooff schonk zichzelf koffie in uit een thermosfles en keek uit gewoonte naar zijn geparkeerde auto, een Volvo, op het bedrijventerrein – even polsen of zijn bezit nog als uitverkoren prijsschat tussen alle andere voertuigen stond. Wat was toch die neiging om de eigen auto als een bezielde entiteit te ervaren?

Hij mailde Olde Husink terug dat hij zijn komst afwachtte. Met tegenzin fatsoeneerde Verhooff zijn bureau. Legde ordners recht en gooide koffiebekers in de prullenbak. Het zou wel weer gaan om een flintertje verfverlies op een craquelé van honderd jaar oud in een hoek van een hoek op een werk dat al twintig jaar in de opslag stond.

Een sober klopje op zijn kamerdeur. Olde Husink, die nooit kon worden betrapt op een blos of zomerse tint, zag deze keer opvallend bleek.

'Herman, hoe is het?'

Olde Husink bevoelde met duim en wijsvinger de onderkant van zijn stropdas toen hij tegenover Verhooff aan de directietafel plaatsnam.

Een gesprek op gang brengen met Olde Husink was altijd lastig; je kon niet vragen of alles goed was met vrouw en kinderen, want die had hij niet. Ouders wel, maar die zaten in twee verschillende verpleeghuizen, en collega's hadden Verhooff gewaarschuwd dat dat voor Olde Husink conversatietechnisch gezien een no-go-area was.

'Alles goed op de afdeling?' vroeg hij dus maar.

Olde Husink leek hiervan te schrikken – abrupt liet hij de onderkant van zijn das los. 'Je hebt iets vernomen?'

Verhooff maakte een loze beweging met de muis van zijn computer. 'Nee. Niets. Vertel op.'

Olde Husink ging even verzitten. 'Op de achterkant van onze *Untitled* van Mark Rothko is een inventarisnummer van het Guggenheim Museum aangebracht.'

Er viel een stilte. Verhooff schoof zijn stoel aan. 'Ja?'

'Het Guggenheim heeft *Untitled* nooit in bruikleen gehad.'

Verhooff had het gevoel dat zijn hart een slag miste. Pijlsnel trok hij zijn conclusies. Vertolkt, verwisseld, verdonkeremaand, de Rothko. Emma Duiker had een onschatbaar werk verduisterd, en dit viel – hij besefte het direct – aan de buitenwacht nauwelijks uit te leggen. Hij was schuldig, niet aan de verduistering zelf, maar wel aan ontoelaatbare nalatigheid. Hoe had ze het klaargespeeld?

Dwars door zijn ingehouden paniek marcheerden ongeloof en scepsis. Het was toch ondenkbaar dat die hardwerkende Emma Duiker, de monnikachtige kopiiste, een wisseltruc had toegepast? Het was dermate onvoorstelbaar dat Verhooff besloot het zich dan ook níét voor te stellen.

'Wat wil je daarmee zeggen, Herman?'

'Ik heb microscopisch onderzoek gedaan aan de *Untitled* die we nu in depot hebben. Het ontbrak geheel aan oppervlaktevuil en...'

'Dan heeft degene die de Rothko de vorige keer heeft gerestaureerd heel goed werk gedaan.'

Olde Husink keek geconcentreerd naar een plek hoog op de muur waar Verhooffs opmerking kennelijk tegenaan was gekropen.

'Dit werk dat wij nu in depot hebben, heeft vrijwel geen enkele gelaagdheid van verfopbouw.'

'Onzin,' antwoordde Verhooff, 'je trekt voorbarige conclusies. Om niet te zeggen: je zaait paniek.'

Er viel een korte stilte. Olde Husink dwaalde weer met zijn ogen af naar die belangwekkende plek op de muur.

'Allerlei werken van Rothko uit de jaren vijftig en zestig zijn in de loop van de jaren onderzocht op gelaagdheid,' zei de restaurator. 'Onder de kleurvlakken bevinden zich altijd minimaal drie andere lagen in andere kleurstellingen. Mark Rothko bracht laag op laag aan en alle lagen werden maximaal verdund door water of oplosmiddelen. Onze Rothko heeft geen drie lagen.'

'Dan hebben wij een unieke Rothko.'

'Het inventarisnummer is juist, maar vertoont niet het stempel van het Hollands.'

'Je noemt wat kleine feiten. Maar waarom zeg je niet wat je kennelijk wilt zeggen: dat wij een valse Rothko in bezit hebben?'

Olde Husink zuchtte kort. 'Het is niet aan mij om dat te concluderen. Ik geef uitsluitend mijn bevindingen door.'

'Maar met die bevindingen wijs je wel in een bepaalde richting, Herman. Is dat de juiste richting?'

Verhooff rolde zijn stoel naar achter en haalde met zijn rechterhand onder de zitting de hendel van de rugleuning over. Hij kon nu achteroverleunen, wat hij ook deed, maar dat gebeurde met een schokje, zodat zijn voeten even van de grond kwamen.

'Goed. Wat is je advies? Moeten we de staf bijeenroepen? Of meteen de politie bellen en aangifte doen? Schadeclaims laten opstellen?'

Verhooff hoopte dat deze opsomming Olde Husink zou verleiden tot de bekentenis dat hij maar wat zei. Dat nader onderzoek vast tot andere conclusies zou leiden.

Olde Husink vouwde zijn armen over elkaar. 'Zijn dit geen vragen die jij als directeur zelf moet beantwoorden? Daar ga ik toch niet over?'

'Wie weet hiervan?' vroeg Verhooff.

'Jij bent de enige. Wie zou ik het anders moeten vertellen? Ik heb een paar weken geleden het monster van *Untitled* genomen, het inventarisnummer gecontroleerd en de transportnummers nagezocht. Toen ik de uitslag had stuurde ik mijn e-mail.'

Het was dus niet in de restaurator opgekomen zijn collega's in te lichten. Zijn kluizenaarschap was in dit geval een voordeel.

'Goed. Niemand weet ervan,' zei Verhooff. 'Zullen we dat voorlopig even zo houden? En dan wil ik nu graag zelf de Rothko zien.'

Via de telefoon liet hij Wendy, zijn secretaresse, weten dat hij te vinden was in Olde Husinks atelier.

Onderweg passeerden zij de receptie, waar een groepje studenten dat kennelijk de bibliotheek kwam bezoeken, juist bezig was naamplaatjes in ontvangst te nemen en op te spelden. Verhooff keek zorgvuldig van de studenten weg, alsof de eerste de beste bezoeker aan zijn gezicht kon zien dat er een grove vervalsing in de depots was ontdekt.

In Olde Husinks atelier stond de radio aan. Op de Concertzender vermoedelijk. Plat op de werktafel en onder de lichtbakken lag daar *Untitled No. 18* – of liever gezegd, lag daar de Duiker nummer één.

'Ik zie niets,' zei Verhooff. 'Ik bedoel, ik neem alles aan wat je zei, maar voor mij ligt hier toch echt onze *Untitled*.'

Olde Husink pakte een loepbril van zijn werktafel en klemde het elastiek om zijn hoofd. Hij ging bij de microscoop zitten, zette het oculair boven het doek en zei: 'Als je goed hier linksonder kijkt, waar ik het monster...'

'Wat zou de veilingwaarde van de Rothko zijn?' Verhooff was te onrustig voor microscopische activiteiten. 'Tien miljoen, twintig?'

Olde Husink aarzelde. 'Weet je dat niet? Een jaar geleden ging er bij Christie's een Rothko weg voor veertig miljoen euro. De onze is vergelijkbaar met dat werk. En onlangs nog verkocht een of andere Amerikaanse verzamelaar zijn collectie Rothko's aan een onbekende opkoper. Die collectie bestond uit acht werken. De opbrengst was driehonderdtien miljoen dollar. Onze *Untitled* is wat kleiner dan de gemiddelde Rothko, maar heeft vermoedelijk nog altijd een waarde van rond de dertig miljoen euro.'

Bij iedere zin die Olde Husink uitsprak, kwam het Verhooff voor alsof er bloed bij hem werd afgetapt. Zijn woorden fungeerden als het slangetje waardoorheen de levenssappen verdwenen. Door zijn aderen stroomde nog slechts een van de oplosmiddelen waarmee Olde Husink pleegde te werken.

'Kan het niet zijn dat dit wel de originele *Untitled* is en dat Emma Duiker die stickers met nep-inventarisnummers er gewoon op heeft geplakt?'

Olde Husink deed de loepbril af. 'Geen gelaagdheid. Nergens tussenvernislagen of de gebruikelijke verfopbouw. En dan heb ik het nog niet eens gehad over de spieën. Aan het spieraam zitten lichtgele koordjes. Hier niet. De koordjes ontbreken. Bovendien, de voorkant van een schilderij valt na te maken, de achterkant veel moeilijker. Daar zitten stempels, bruikleenstickers, allerlei transportcodes en inventarisnummers. De voorkant is het gezicht, de achterkant is de ziel.'

Verhooff sloot een ogenblik zijn ogen. Het oplosmiddel in zijn aderen leek te stollen. Niets stroomde nog.

'Wat moet ze ermee?' vroeg hij. 'Onze Rothko is overal bekend. Wie koopt een museumstuk op?'

'Zou het misschien kunnen zijn dat mevrouw Duiker... *ludieke* bedoelingen heeft?' Olde Husink trok een vies gezicht, alsof hij geen verschil maakte tussen ludieke en obscene bedoelingen.

De spelende mens was de aanstootgevende mens. Misschien speelde ze inderdaad een onschuldig spelletje, bedacht Verhooff, en was één bezoekje aan haar atelier genoeg om grinnikend het glas te heffen, oog in oog met de échte *Untitled* die ze daar had opgeslagen. Grapje! Waarna het origineel gezwind in een klimaatkist werd getild door medewerkers van Expeditie en Transport. Cursus foppen voor gevorderden. Ja, zoiets moest het zijn. Was Emma Duiker alsnog verwant aan de negentien tovenaarsleerlingen van *Duel* die het zaaien van verwarring als een essentiële component van hun kunst beschouwden.

'We gaan bij Emma Duiker op bezoek,' besloot hij. 'Ik bel haar en zeg dat wij binnen een half uur in haar atelier zijn. Wij, want jij gaat mee. Jij onderzoekt de Rothko die wij daar ongetwijfeld zullen aantreffen, daarna bellen we Hiskia van Kralingen of een andere *art handler*, en dan bezorgt men ons keurig de Rothko aan huis.'

'Ik weet niet of ik hiermee instem,' zei Olde Husink.

Verhooff keek op. 'Waarmee? Waar moet jij in hemelsnaam mee instemmen?'

'Ik weet niet of ik je kan vergezellen naar Emma Duiker. Het is mijn taak om onderhoud en conservering van kunstwerken te verzorgen, niet om atelierbezoeken af te leggen.'

Verhooff onderdrukte een zucht. Plechtig legde hij een hand op Olde Husinks schouder.

'Je hoeft het niet voor mij te doen, Herman,' zei hij. 'Evenmin voor het Hollands. Maar doe het voor *Untitled*. Doe het voor de drager, de verflaag, het spieraam desnoods. Doe het...' Verhooff aarzelde even, voordat hij begon te duwen tegen de glazen wand van goede smaak en *Schmiere*. 'Doe het voor het kunstwerk, dat zonder jou en mij verweesd is.'

Olde Husink haalde zijn schouders op, en Verhooff wist genoeg.

'Goed zo. Ik laat Wendy weten dat we de rest van de dag op atelierbezoek zijn.'

3

'Even dit,' zei Emma Duiker, en ze keek blozend langs Verhooff en Olde Husink heen, 'vinden jullie het goed als mijn jongens af en toe wat foto's en opnames maken? Het is voor het project waar we mee bezig zijn.'

Natuurlijk vond Verhooff dat niet goed. Dat hij *Untitled No. 18* terug kwam halen, hoefde wat hem betrof níét te worden gedocumenteerd. Maar aan de andere kant: hij had er alles voor over het werk weer in bezit te krijgen, en in verhouding tot de vermiste Rothko waren twee filmende assistenten een bagatel. Vanaf het moment dat zij hen had binnengelaten in haar atelier, wist Verhooff: Emma Duiker was niet alleen schuldig, maar vóélde zich ook zo. De Rothko was hier. Hij zag het aan enkele onvaste gebaren die ze maakte. Ook vermoedde hij dat Emma Duiker de gevolgen van haar wisseltruc had onderschat. Deze bijna-dertiger besefte niet wat zij zich op de hals had gehaald. Waarschijnlijk was ze heimelijk opgelucht dat haar wisseltruc aan het licht was gekomen. En dan was ze – ontwapenend detail – ook nog eens met een 'project' bezig. Natuurlijk. 'Projecten'. De gedoetjes gingen altijd door.

Emma's atelier bevond zich in Amsterdam-Oost. Het was een grote benedenverdieping, waar vroeger een winkel of bedrijf moest zijn gehuisvest. De ruimte had aan de achterkant een serreachtige uitbouw. Alles – plafond, vloer, wanden – was wit geverfd en smetteloos; sporen van schildersactiviteiten waren niet te zien. Verspreid over het onderkomen stonden drie grote witte werktafels. Aan één kant bevond zich een enorme kastenwand, ook wit. Wie niet beter wist, zou denken dat hier een designbedrijfje was gevestigd.

'Ik hoef je niet te zeggen waarom we hier zijn,' zei Verhooff toen ze aan een van de werktafels hadden plaatsgenomen op hoge krukken die ongemakkelijk zaten.

De tafel was geheel leeg, op een iBook na, het scherm dichtgeklapt. Wit op wit. Op wit. Emma's jongens, die net als destijds in het museumdepot geen mond opendeden, stonden verdekt opgesteld, als amateurlijfwachten die de aandacht op zich vestigden juist doordat ze die aandacht poogden te ontwijken.

'Nee, dat hoeven jullie niet, nee,' antwoordde Emma Duiker. Verhooff had bijna met haar te doen.

'Ik heb er nog drie gemaakt,' zei ze, en ze streek met haar hand door haar loshangend krullend haar. 'Hier op het atelier.'

'O ja?' zei Verhooff. 'Nou, daar zijn we dan heel nieuwsgierig naar. Mogen we ze zien?'

Nog drie. Dit meisje mengde kunst met cabaret, met als tragische uitkomst dat er niets te lachen viel.

Emma gebaarde naar haar assistenten, die hun opnameapparatuur opborgen en naar twee matglazen deuren liepen achter in de ruimte waar zich, toen de deuren werden opengeschoven, een grote inloopkast bleek te bevinden. Ze kwamen elk tevoorschijn met een schilderij in halfdoorzichtig bubbeltjesplastic. Ze wikkelden het eraf en plaatsten tweemaal een *Untitled No. 18* tegen de achterwand van het atelier.

'Zouden jullie geen handschoenen aantrekken?' vroeg Olde Husink, en toen de jongens verbaasd opkeken, zei hij op een bijna excuserende toon: 'Ik zou de lijst toch echt uitsluitend aanraken met handschoenen aan.'

De twee negeerden deze opmerking, en schoven wat met de doeken om ze goed naast elkaar te krijgen.

'En dan nu nog de derde,' zei Emma.

Een van haar jongens verdween opnieuw in de opslagruimte en keerde terug met een derde *Untitled*, die onverpakt was.

Verhooff hield met gestrekte vingers zijn hand tegen zijn voorhoofd, alsof hij tegen de zon in moest kijken. Driemaal Rothko. Driemaal de vrijzwevende driekleur, het samenstel van kleur en vorm dat zich ijl als nevel – ingekleurde nevel! – over het canvas leek te verspreiden. Het wonder van Rothko was dat hij de Heilige Drie-eenheid, zoals die eeuwenlang was afgebeeld, had teruggebracht tot opwolkende kleurbanen. De Vader, de Zoon en de Heilige Geest waren in zijn oeuvre gereduceerd tot ijle flarden van beurtelings geel, groen, blauw, rood, wit, welke kleur dan ook, kleuren die recht je ziel in zweefden en je daar aanraakten. Aangeraakt door de goden, goden die kleur waren geworden.

Verhooff voelde zich betrapt toen hij doorhad dat Emma hem met grote, donkere ogen taxeerde.

'Zeg je niets?'

'Welke is van ons? Welke is onze Rothko?'

'Het origineel? Nee, het origineel is hier niet bij. De eerste die ik, in jullie atelier, namaakte, kostte me zes weken. Dat werd mijn *Untitled* voor *Duel*. Maar met deze drie ging het steeds sneller. Nu maak ik een *Untitled* in minder dan twee dagen. Echt waar.'

Verhooff keek met een schuin oog naar Olde Husink, die zich

leek in te spannen zo min mogelijk plaats in te nemen. Zelf stond hij een woedeaanval te verbijten.

'Het orgineel is hier níét bij? Vind je het heel erg dat ik je niet geloof?'

'Ik heb overwogen er iets van twintig te maken,' zei Emma. 'Die moeten dan ooit bij elkaar hangen, stel ik me voor. In één ruimte. Dan krijg je een soort tweede Rothko-kapel, net zoals in Houston, weet je wel. Mijn kapel is nooit door Rothko zelf uitgedacht, maar wel in zijn geest ontworpen.'

Olde Husink gaapte Emma aan, alsof ze in tongen sprak.

'Ik stel voor dat Herman de drie doeken nu bekijkt,' zei Verhooff.

'Ja ja, is goed,' zei Emma meteen, 'maar het origineel is er echt niet bij, hoor.'

Ongemakkelijk stond Olde Husink op van tafel. Emma's jongens hielden hun opnameapparatuur voor hun gezicht, alsof de restaurator een toeristische attractie vormde. Terwijl Olde Husink twee witte handschoenen aantrok die hij uit de binnenzak van zijn colbert had gehaald, liep hij bijna sluipend naar de drie *Untitleds*. Zijn neusvleugels trilden even, alsof er terpentijn of lijnolie moest worden besnuffeld. Met zijn nek vooruitgestoken en zijn hoofd half gekanteld liet hij zijn ogen langs de doeken dwalen. Toen zakte hij op de hurken en haalde zijn loepbril uit zijn werkkoffertje tevoorschijn.

Verhooff masseerde met duim en middelvinger zijn voorhoofd en vroeg: 'Hebben je jongens de doeken verwisseld toen we *Duel* beëindigden?'

'Ik ga er niet om liegen,' antwoordde Emma Duiker. 'Je hebt gelijk. De jongens hebben ze gewoon verhangen. Vlak voordat jullie mannen van Expeditie en Transsport binnenkwamen. Echt, het ging zo makkelijk.'

'En toen had jij de Rothko.'

'Ja. Maar niet voor mezelf. Voor het project.'

Verhooff bekeek de drie *Untitleds*. Dat project klonk hem ineens griezelig in de oren. Een eufemisme voor verduistering, verdwijning, vernietiging zelfs.

'Stel dat Olde Husink de verwisseling niet had opgemerkt,' zei hij, 'hoe had jij het origineel dan bij ons terugbezorgd?'

'Gewoon. Ik had het Hollands deze drie kopieën geschonken. Plus een vierde. Die dan achteraf de echte bleek te zijn. Dat had ik na een tijdje wel aan jou verteld. Je denkt toch niet dat ik een ordinaire kunstdief ben? Waar zie je me voor aan?'

Verhooff ging op de kruk verzitten. Ja, waar zag hij haar voor aan? Vanuit zijn ooghoeken monsterde hij Olde Husink. Met de loepbril op deed hij denken aan een ouderwetse vliegenier. Wie weet wat voor onherstelbaars Olde Husink zo direct ontdekte. Verhooff zette zich schrap voor een onheilstijding.

'Luister,' zei hij, 'het Hollands zal geen ruchtbaarheid geven aan de vermissing. Ik stel voor dat je de Rothko vandaag nog terugbezorgt. Ik wil je niet in opspraak brengen. Laat staan je leven verpesten. Maar we hebben het over een werk met een veilingwaarde van miljoenen. Bij vermissing ben ik gedwongen aangifte te doen bij de politie.'

'Dat weet ik,' zei Emma zacht. 'Ik neem dat risico. Maar ik wil je eerst vertellen over mijn project. Misschien dat je je dan bedenkt.'

Ze pakte haar laptop en klapte het scherm omhoog. 'Kijk even mee.'

Met wat muisklikken opende zij haar e-mailprogramma en daarna een van de e-mailboodschappen. In een attachment zaten allerlei jpg-bestanden.

'Herman, kom je even kijken?' vroeg Verhooff.

Olde Husink maakte zich met tegenzin los van het drieluik.

Emma opende de ene na de andere afbeelding. Overal *Untitled*, in verschillende belichting en tegen verschillende achterwanden.

'Dit is het origineel,' zei ze. 'Het zijn foto's van de reis die ik *Untitled* laat maken langs bijzondere plekken in Europa. *Duel* is afgelopen, maar dit onderdeel hoort wel degelijk bij mijn bijdrage aan de tentoonstelling. Dit is míjn *Duel*. Ik geef Rothko terug aan de mensen. Kijk, dit zijn de laatste drie foto's. Ergens in Europa. Meer kan ik niet zeggen, dat zul je begrijpen.'

Ze klikte de foto's weg, sloot de laptop af en deed het scherm naar beneden. Verhooff had slechts een glimp van die laatste drie foto's opgevangen, maar wát hij had gezien, etste zich in zijn geheugen. Een lichtgekleurde achterwand, met aan de rand van de foto een deel van een schoolbord, en tussen *Untitled* en dat schoolbord de vage contouren van een poster of aanplakbiljet. Witte letters, vreemde taal.

Zonder dat zijn gezicht iets verried, verdween Olde Husink weer naar de drie *Untitleds*.

Verhooff bekeek de laptop, alsof de foto's nog nagloeiden op de buitenkant.

'Goed, je geeft *Untitled* terug aan de mensen,' zei hij droogjes. 'Ik wist niet dat "de mensen" de eigenaars van *Untitled* waren.'

'Luister.' Emma klonk ineens koortsig. 'Waarom wordt van kunstenaars verwacht, nee, geëist dat ze ingrijpen in de werkelijkheid?' Ze beeldde met wijs- en middelvingers aanhalingstekens uit. 'Waarom mogen kunstenaars overal en altijd de werkelijkheid naar hun hand zetten, behálve als het gaat om gecanoniseerde meesterwerken? Moet je eens kijken hoe kunst op straat ingrijpt. Neem Rotterdam. Daar staat een blauwe kabouter met een buttplug in zijn hand. Vinden wij dat boeiend, verrijkend, inspirerend? Dat mag de vraag niet zijn. Wij behoren dat ontregelend en dus waardevol te vinden. Kunst moet alles en iedereen ontregelen – maar kom niet aan de fetisjen in de musea. Waarom eigenlijk niet? Zijn dat onze nieuwe heiligenbeelden, al die werken van Picasso, Braque, Pollock, Rothko, De Kooning? In geld uitgedrukt: ja. Zie je het publiek er massaal voorbijschuiven, dan zeg ik ook: ja. Kom niet aan de *Guernica*. Doe gekke dingen met jezelf, met dieren of met allerlei voorwerpen, en het is kunst. Bied jezelf aan als gelegenheidshoer voor twintigduizend dollar, en maak een filmpje van jou en je klant. Dan heb je dus kunst. Of je zegt tegen een galeriehouder dat hij een apenpak moet aantrekken met twee dildo's eraan vastgeplakt. Jij weet ook, Jelmer, ik verzin dit niet. Een opblaaskonijn is kunst. Twee zusjes die honger lijden en hun anorectische bottenlichaampjes tentoonstellen: spannende topkunst! Een meisje dat een kat vilt en er een handtas van maakt: kunst. Twintig blokken hardhout in een weiland in Patagonië – óók kunst. De kunstkritiek staat erbij en kijkt ernaar. En ga zo maar door. In de Tate Britain rennen vier sprinters de godganse dag in de hoofdgang heen en weer. Dan zeg ik: oké, waarom niet? Iedereen doet maar zijn best allerlei kunst die niet direct aan kunst doet denken, het museum in te krijgen. Maar waarom zou je nooit eens kunst naar buiten dragen? Waarom zou een kunstenaar niet eens zijn best doen een meesterwerk te bevrijden uit die toonzalen van de musea? Is dat niet pas écht ontregelend?'

Emma was steeds luider gaan praten en gebaarde nu driftig

met haar handen. De ogenschijnlijk opofferingsgezinde kopiiste was dus in werkelijkheid een bevlogen radicaal, een kruisvaarder.

'Ik begrijp het,' zei Verhooff. 'Kunst is gekooid en moet bevrijd worden. Moeten we jouw project vergelijken met acties van het dierenbevrijdingsfront?'

'Ja, geestig,' klonk het afgemeten. 'Heb jij jezelf nooit vragen gesteld over al die kunstwerken van de afgelopen honderd jaar? Al die duizenden en duizenden zogenaamd relevante werken? Hoeveel werken heeft het Hollands Museum in bezit? Vijfduizend? Zesduizend?'

Verhooff was opgestaan. Hij leunde met zijn heup tegen de zijkant van zijn kruk. 'Je schatting is veel te laag. De collectie van het Hollands bestaat uit negentigduizend werken.'

Dit cijfer had op Emma Duiker het effect van een klein stroomstootje.

'O ja?' Ze wreef een haarlok uit haar gezicht. 'Dan is het allemaal nog veel dramatischer. Hoeveel belangrijke musea voor moderne kunst zijn er in Europa? Tien, twintig? Laten we zeggen vijftien. Dan hebben al die musea in totaal misschien wel anderhalf miljoen zogenaamd belangrijke werken in depot. Anderhalf miljoen! Heeft de mensheid toevallig deze laatste honderd jaar zo veel meesterwerken voortgebracht? Miljoenen kunstschatten in één eeuw? Is dat aantal niet volkomen over de top? Is het niet vanzelfsprekend om een paar honderdduizend van die werken terug de wereld in te laten gaan?'

'En jouw... project biedt een elegant alternatief.' Verhooff raakte verstrikt in een discussie die hem alleen maar verder van *Untitled* af bracht. Toch had hij sterk de behoefte haar tegen te spreken.

'Het is in ieder geval origineler,' zei ze, zonder dat haar stem nog een spoor van aarzeling verried. 'Méér dan dat. Het is op zijn minst menselijker. Doordat je kunst aan de wurggreep van de musea onttrekt, krijgt die kunst vanzelf weer een menselijke maat.' Emma Duiker liep om de werktafel heen. 'En los daarvan is het ook revolutionair. Al die conventies over hoeveel een kunstwerk precies waard zou zijn! Je zei dat het Hollands negentigduizend werken in bezit heeft? Wat is de gemiddelde waarde van al die werken? Tienduizend euro misschien? Dat gemiddelde wordt natuurlijk opgestuwd door de pakweg vijfhonderd werken van vijf miljoen of meer. Hoe dan ook kom je uit op miljarden. Je zou kunnen zeggen: met dit project, met het verhaal dat ik in gang heb gezet voor dat zogenaamde miljoenenwerk van Rothko, steelt een kunstenaar van de rijken en geeft de kunst terug aan de armen.'

Verhooff stak zijn hand op en besefte tegelijk hoe schools dit gebaar was.

'Juridisch gezien was dit wel je meest onomwonden bekentenis,' zei hij.

'Buiten de wereld van mijn verhaal misschien. Maar binnen de wereld van het kunstwerk dat ik heb ontworpen, is het alleen maar een toelichting. Jelmer, iedereen weet zo onderhand uit interviews dat jij onder de indruk was van de ideeën van Bernard Shorto. Nou, ik trek de uiterste consequentie uit zijn opvattingen. Ik haal het hele modernisme en postmodernisme van de sokkel. Waarom moet alles in het atelier of de studio beginnen en eindigen in onze huidige kathedralen, de musea? Waarom moeten we als halve slaven die musea in worden gejaagd om braafjes naar meesterwerken te kijken? Is dat niet onuitstaanbaar autoritair en feodaal? Kunst is een speeltje van de allerrijksten geworden. De superrijken kopen de duurste werken op, die dan in particuliere collecties verdwijnen. En we zien ze nooit meer terug. Weet je nog van die Japanner die een Van Gogh kocht en in zijn testament liet opnemen dat dit werk meegaat in zijn graf? Dat is het roofkapitalisme ten top. Dat mogen wij de kunst niet aandoen. Iedereen mag alle boeken lezen, alle muziek horen, maar de beeldende kunst is in handen van een kongsi van geldmakers, statusjagers en snobs die zich collectioneur noemen. Dat kan niet langer. Daar is de kunst niet voor bedoeld.'

Emma raakte buiten adem. Ze was méér dan bevlogen, merkte Verhooff. Ze was een halve of misschien wel hele gelovige, religieus geïnspireerd, met de kunst als godsdienst. Met godsdienstfanaten kon je beter niet in discussie gaan.

'Mag ik even?'

Verhooff had niet gemerkt dat Olde Husink inmiddels schuin achter Emma en hemzelf stond. 'Eén momentje, kan dat?' zei Olde Husink en hij liep weer terug naar het Duiker-drieluik.

Verhooff ging hem haastig achterna. 'Laat me raden,' fluisterde hij. 'Ze liegt niet. De Rothko is hier niet bij.'

Olde Husink dempte eveneens zijn stem. 'Ook hier geen oppervlaktevuil. En ik bekeek de achterkanten. Hetzelfde catalogusnummer van het Guggenheim.'

Verhooff wendde zich tot Emma Duiker, die op een kruk achter haar werktafel was gaan zitten.

'Driemaal Duiker,' zei hij. 'Gefeliciteerd.'

Emma was nog geheel in de greep van haar uiteenzetting, en Verhooffs sarcasme ontging haar. Ook dat was een kenmerk van fanatici; ze ontwikkelden een selectieve doofheid.

'Emma,' begon hij, 'ik twijfel niet aan je hooggestemde plannen. Maar leg mij uit: wat geeft jou het recht om *Untitled* zonder bescherming, zonder verzekering en zonder begeleiding van vakkrachten te laten rondreizen?'

Ze toonde een glimlach. Het was een prachtige glimlach, dat zeker, maar Verhooff voelde zich er ongemakkelijk door worden. Misschien was ze erger dan fanatiek. Misschien was ze ontoerekeningsvatbaar.

'Die discussie wil jij helemaal niet met mij voeren,' zei ze. 'Ik zeg alleen maar: *Untitled* heeft sinds *Duel* op verschillende plaatsen in Europa gehangen. Ik ga niet zeggen waar, want dan laat je *Untitled* ophalen, en dan is al mijn werk voor niets geweest.'

'Ja, dat zou zonde zijn,' flapte Verhooff eruit. Dit keer kon zijn sarcasme haar niet ontgaan. 'Emma, stel dat ik je project inderdaad de moeite waard vind. Dan nog heb ik de verantwoordelijkheid voor het kunstbezit van het Hollands in het algemeen, en dit werk in het bijzonder. Een werk dat heel toevallig en per ongeluk een slordige dertig miljoen waard is. Als dit aan het licht komt, ben jij niet de enige die iets heeft uit te leggen. Je werpt niet alleen jezelf in een afgrond, je trekt mij mee.'

Er ontsnapte haar een zucht. Ineens zag ze er mismoedig uit.

'Daarom vind ik het ook zo jammer dat jullie erachter zijn gekomen. Vier maanden later en de originele *Untitled* was gewoon teruggekeerd in het Hollands. Ietsje later had ik alles opgebiecht. Echt. Niemand die er dan iets van had geweten. Ik breng het project pas naar buiten als het jou en mij en het Hollands niet kan schaden. Ik heb geduld. Maar áls het zover is, als de tijd rijp is voor onthulling, dan zal worden onderkend wat ik heb gemaakt en tot stand heb gebracht.'

Een meesterwerk, wilde ze het liefst zeggen, besefte Verhooff.

'Wij zijn per ongeluk al op de hoogte,' zei hij. 'En nu? Wat zou jij in mijn plaats doen, Emma? Of laten we zeggen, wat moeten wij er samen aan doen?'

Zijn vraag leek niet tot haar door te dringen.

'Zal ik je nog eens wat vertellen?' zei ze. 'Ik werk samen met een groepje mensen in Europa. Ze hebben beloofd de Rothko strikt incognito te laten reizen. Die mensen maken foto's en filmverslagen van de locaties, van het werk zelf, van de mensen die erlangs komen en die er soms naar kijken, meestal vluchtig, maar soms ongekend intens. Ik heb al een paar beeldverslagen. En ben op sommige plekken zelf wezen kijken. Iedere locatie levert een verhaal op. Een maand aan de wand in een bibliotheek in Polen. Drie weken in een jeugdgevangenis in Belfast. Ik noem maar iets.'

Ondanks alles schoot Verhooff in de lach. 'Een jeugdgevangenis? Rothko als blikvanger om crimineeltjes te troosten?' Terwijl hij het zei, verging het lachen hem en zag hij beelden voor zich van ontremde pubers die *Untitled* bespuwden of bevuilden.

'En wie zijn die mensen die jou op die plekken assisteren?' vroeg hij.

'O, dat is heel verschillend. In Napels was dat een lieve gepensioneerde kunsthistoricus die het helemaal te gek vindt wat ik doe. Daar hing het trouwens in een bibliotheek voor ouderen.'

'En nergens weten die bejaarden of gevangenen dat ze naar een museumstuk kijken?' vroeg hij voorzichtig.

'Nee, dat hoeft niet. Maar ze zien wel de mooiste vormen en kleuren van de wereld. Juist het feit dat *Untitled* echt anoniem te zien is, bezorgt de toeschouwer een authentieke ervaring.'

Verhooff kreunde inwendig. Zelfs de authentieke ervaring werd van stal gehaald. Met die woorden had je op de slapst denkbare manier het gelijk aan je kant.

'Heb je dit eerder gedaan?' vroeg hij. 'Ik bedoel, is *Untitled* het eerste kunstwerk dat je hebt verwisseld?'

'Ja.' Ze hief haar kin. 'En het zal ook de laatste keer zijn. Dit project laat zich niet herhalen. Dan wordt het een gimmick. Dit is mijn levenswerk. Hier heb ik jaren naartoe geleefd. Met dit ene project zal ik de kunst veranderen.'

Olde Husink liet een snuivend geluid horen waaruit een grote geringschatting sprak. Ook dit leek Emma Duiker te ontgaan.

'Tegelijk schrijf ik geschiedenis met dit project,' zei ze, 'en ik weet dat jij dat ook weet.' Ze keek hem indringend aan.

'O ja?' zei Verhooff.

Emma legde haar handen plat op het tafelblad van de witte

werktafel. 'Ja. Ieder ander was niet eens dit gesprek begonnen, maar was meteen naar de gemeente en de autoriteiten gerend, weet ik veel. Die had de politie ingeschakeld. Maar jij bent hier. Dat zegt genoeg.'

Ze hield haar blik strak op hem gericht terwijl ze aan het woord was, en Verhooff voelde zich daar ongemakkelijk onder, niet eens om redenen van morele aard, maar uit – hij moest het zichzelf bekennen – verlegenheid.

'Jij, Jelmer, bent toch eigenlijk zelf een halve kunstenaar?' zei ze. 'Waarom ben je anders in het Hollands gaan wonen? Toch niet echt om antikraakwacht te spelen? En ook niet bij wijze van mediastunt mag ik hopen. Jouw verblijf is een vorm van performancekunst. Ja, geef het maar toe. Jij verlegt net als ik de grenzen. De directeur die zichzelf omvormt tot kunstenaar. Het wachten is op iemand uit de kunstkritiek met gezag die dit zo ziet en onderkent en opschrijft. Ik, ík zie het. Tussen sluiting en nieuwbouw doe jij aan een soort eenmanskunst. Ben ik warm?'

Ze wachtte zijn antwoord niet af. 'Ik weet ook wel dat negenennegentig van de honderd mensen zullen vinden dat ik een ordinaire kunstdief ben. Maar ik moet rekenen op die ene die uit de groep van honderd stapt en lak heeft aan de negenennegentig anderen. Ik gok erop dat jij die ene bent. En ik hoop dat ik goed heb gegokt.'

Verhooff voelde zijn hart bonzen. Hij wilde iets zeggen, maar voor hij het wist legde ze in een verzoenend gebaar haar wijsvinger tegen haar lippen. Alsof zij de juf en hij een bokkige leerling was.

'Ik merk het wel.' Ze lachte. 'Als hier morgen twee veldwachters voor de deur staan, dan heb ik blijkbaar verkeerd gegokt.'

'Alles voor de kunst,' zei hij.

'Ja. Inderdaad. Dat zou je toch moeten waarderen.'

Hij sloeg zijn armen over elkaar. 'Geef me bedenktijd,' zei hij.

Met Olde Husink in zijn kielzog liep Verhooff naar de deur van haar atelier. Alsof dat zo was afgesproken doken aan de andere kant, bij de schuifdeuren, haar jongens op.

Er werden geen handen geschud.

Buiten ontgrendelde Verhooff van een afstand de portieren van zijn Volvo. Stroef stapte Olde Husink naast hem in. Eenmaal achter het stuur zei Verhooff tegen hem: 'Heb je goed naar die laatste drie foto's op haar laptop gekeken?'

'Hoezo?'
'Wat zag je?'
Onwillig schudde Olde Husink zijn hoofd, alsof hij werd overhoord. 'Nou ja. Ik zag heel weinig. Ik zag drie keer *Untitled*.'
'Dat bedoel ik niet.' Verhooff manoeuvreerde de Volvo de parkeerplaats af. 'Het gaat om wat je vlak náást *Untitled* kon zien. Een schoolbord. En een poster. Een poster met tekst. Ken jij iemand die goed is in hacken? We moeten haar computer in.'

4

Hackers waren er in vele soorten en maten, leerde Verhooff nog diezelfde dag. Een kwartier surfen op het net leverde een imposante lijst Nederlandse computerkrakers op, variërend van klassieke loners, die onder opzichtig gecultiveerde namen opereerden, tot complete *hack-communities*, die door middel van een ingewikkelde structuur met elkaar verbonden waren. Ergens op een Hyvespagina trof hij zomaar een telefoonnummer aan.

Een jongen nam op. Verhooff deed in telegramstijl zijn verhaal. Of het joch iemand wist die voor hem in de computer van een particulier wilde inbreken?

Daar moest de jongen smakelijk om lachen.

'Een particulier? Dus niet het Kremlin of het Witte Huis? Gewoon een persoons-hack? Hard voor je. Ik snap niet waarom je dit nummer draait. Als je een pak melk wilt kopen, bel je toch ook niet met de Bijenkorf? Lekker dan. Ik bedoel, voor wat jij vraagt komen hackers hun bed niet uit.'

'Goed,' zei Verhooff gepikeerd, 'mijn vraag is dus beneden je waardigheid. Dat zal dan wel. Maar kun je me helpen?'

'Heb je geen neefje of een buurjongen die een beetje handig is op de pc? Voor kleutervragen moet je bij kleuters zijn.'

Nijdig beëindigde Verhooff het telefoongesprek. Hij kende genoeg kunstenaars die voor hun werk nooit iets anders dan het toetsenbord van hun computers hadden aangeraakt – linnen, lijnolie en acrylverf waren toch voor, uh, bepaalde types. Hij wist zeker dat veel van die kunstenaars in een handomdraai andermans computer konden hacken, maar hij kon natuurlijk niet met zo'n vraag bij hen aankloppen.

Verhooff belde zijn oudste zoon op zijn mobieltje.

'Hai pap.' Als altijd klonk zijn begroeting enigszins achterdochtig. Zijn zoon zette zich schrap voor iets onwelkoms. Een vraag over school. Over de besteding van de weekends.

'Thomas. Kun jij... kun jij hacken?'

Stilte. Hij hoorde zijn zoon aarzelen.

'Nee. Hoezo?'

'Wie ken jij die dat wél kan? En dan bedoel ik niet zomaar een beetje voor de lol probéren te hacken. Maar gewoon, echt, hacken.'

Na wat heen en weer gepraat kwam Thomas met een naam. De oudere broer van een klasgenoot. Ene Samuel, broer van ene David.

'Doe me een plezier, en nodig David én Samuel namens mij uit, hier in het museum. Vanavond nog.'

Thomas liet een grommende zucht horen. 'Waarom moet dat?'

Verhooff had geen zin met een redelijk antwoord een bres te slaan in de muur van pubercynisme die aan de andere kant van de telefoon werd opgetrokken.

'Vertel Samuel maar dat hij honderd euro kan verdienen. En David krijgt vijftig omdat het zijn broer is. En jij krijgt vijftig euro van me omdat jij ervoor zorgt dat Samuel mij komt helpen. Oké?'

Het bleef een tijdje stil.

'Oké dan,' zei Thomas moeizaam.

De vijftienjarige Samuel bleek een gedrongen type dat een halve kop kleiner was dan Verhooffs bijna veertienjarige zoon. Samuel had overgewicht maar droeg toch zijn spijkerbroek net als zijn broer David en Thomas tot halverwege zijn kont, met erbovenuit een onderbroek met op de band 'Björn Borg'. Als Thomas zich bukte, kwam het voor dat zijn spijkerbroek ver onder zijn kont hing.

Samuel haalde uit een stoffen tasje zijn laptop tevoorschijn, een Acer.

Verhooff zei: 'Doe het meteen maar voor op mijn Apple hier. Is dat goed?'

'Dus alleen maar één hack van één adres?' vroeg Samuel. 'Is het een Hotmailadres?'

'Ja.' Verhooff wist niet of dit een voor- of nadeel was, maar Samuel zei: 'Nee, is goed. Dat maakt het écht kapot makkelijk.'

Samuel rommelde wat op zijn laptop. 'Nou, het simpelste is...' Er kwam een verhaal waarvan Verhooff al bij Samuels tweede muisklik en de derde *cut-and-paste*-ingreep de draad kwijtraakte.

Het kwam erop neer dat Samuel een fakeadres aanmaakte. Dat adres was van een zogenaamde webhost van Hotmail. Onder die valse identiteit, door Samuel server_208a@hotmail.com gedoopt, werd een bericht aan Emma gestuurd. In dat bericht plaatste Samuel een van de echte Hotmailserver gekopieerde melding over gehackte wachtwoorden. Het mailbericht sloot af met het verzoek een nieuw wachtwoord in te stellen. Als Emma antwoordde, stuurde ze het nieuwe wachtwoord automatisch op naar server_208a@hotmail.com.

'Dus dan denkt dat andere gastje dat Hotmail waarschuwt voor hackers. En dan voert die een nieuw wachtwoord in. En dan komt het dus op dit adres terecht. U moet alleen maar af en toe dit nieuwe Hotmailadres checken. "Phishing" heet het. Maar er zijn nog andere manieren. Zal ik dat laten zien?'

'Zullen we het maar houden bij deze ene simpele manier?' Verhooff gokte erop dat Emma minder goed was ingevoerd dan deze vijftienjarige.

'Weet u het zeker?' vroeg Samuel. 'Dat is wel erg weinig voor die honderd euro.'

'Als het niet werkt, kom je gewoon nog een keer.'

Samuel knikte plichtmatig.

'Willen jullie de lege zalen zien?' vroeg Verhooff. 'Het is geweldig, hoor. Thomas is met zijn broer een tijdje geleden alle zalen door geweest.'

Er ontsnapte een zucht van weerzin aan zijn zoon. Verhooff hield abrupt zijn mond.

'Pap. Wij booken 'm,' zei Thomas nadrukkelijk.

Verhooff staakte zijn pogingen tot joviale gastvrijheid. De drie jongens waren minder dan twintig minuten in zijn unieke 'loft' geweest, waar zij zo te zien weinig unieks aan hadden bespeurd. Het was nog geen half negen.

Later die avond checkte Verhooff een aantal keer het door Samuel aangemaakte Hotmailadres, en bij de vierde keer zag hij een antwoord van Emma. Ze trapte erin.

Om half twee 's nachts voerde Verhooff haar nieuw opgegeven wachtwoord in. Precies zoals zijn vijftienjarige instructeur het had uitgelegd, kwam hij zonder omwegen terecht in haar lijst van e-mails, 'inkomend', 'verzonden' en zelfs 'verwijderd'. Het waren er honderden. Verhooff herkende op die lijst de naam van degene wiens mails zij had opengeklikt: ene Rabotnik4000.

Al snel stuitte hij op de reeks foto's die Emma hem in haar atelier in sneltreinvaart had getoond. Verhooff maakte een print van de foto's, en zoomde toen in op de laatste drie uit de reeks. Hij kaderde een deel van de ingezoomde foto's in en printte ook die gedeelten uit.

Op de laatste van de drie foto's was rechts van *Untitled* een smalle dofgrijze strook te zien. Dat was het schoolbord. Er stond niets met krijt op die strook getekend of geschreven. Maar ook had hij de poster nu vergroot. De ruimte tussen *Untitled* en het schoolbord toonde een affiche met, zo zag Verhooff nu, de afbeelding van twee witte maskers als uit *The Phantom of the Opera*. Eronder een zin in een Slavisch uitziende taal:

Vasko nedejo ad 14.00 do 16.00 kulturno
popoldne v Novern Mestu

Verhooff googelde die laatste twee woorden. 'Novern Mestu' bleek een vervoeging van een stadsnaam, Novo Mesto, en de tweede hit bracht hem al bij de Wikipedia-pagina van die stad. Novo Mesto was een stadje in Slovenië. Typisch zo'n land waar hij nooit één gedachte aan had besteed. Via een vertaalwebsite kwam hij tot de Nederlandse versie van de zin. Iets met een wekelijkse cultuurmiddag, open podium, een cultureel centrum. Verhooff legde in een liefkozend gebaar één hand op de bovenrand van zijn computerscherm. De Rothko was al voor de helft terecht.

5

'Zijn er niet ook schoolborden in overheidsgebouwen?' vroeg Olde Husink, terwijl hij de uitdraai van de foto bekeek. 'Of, ik noem maar wat, rijschoolkantoren?'

Verhooff trok het papier van A4-formaat uit de handen van de restaurator en borg het op in een kleine dossiermap.

'Ja,' zei hij. 'En er kunnen ook schoolborden hangen in bordelen en fietsenkelders. Maar die kans is toch net even kleiner. Bovendien kennen we dankzij dat affiche de locatie van het cultureel centrum. Daar weten ze vast wel waar die affiches terechtkomen. Klein stadje, bescheiden distributie. Ik ga er gewoon naartoe. Makkelijk zat.'

'Is er geen alternatief?' vroeg Olde Husink.

'Zoals?' zei Verhooff.

Olde Husink ging er eens goed voor zitten. 'We lichten de Nederlandse ambassade in. Die neemt contact op met de plaatselijke politie. Daar heeft men alle kennis om aan de hand van deze foto's de locatie op te sporen. De politie bezorgt *Untitled* bij de ambassade. En wij sturen de firma Hiskia van Kralingen naar dat stadje. Zo komt *Untitled* op transport en zonder risico terug naar Amsterdam.'

'En dan duikt via die ambassade alsnog in Nederland de complete pers erop,' zei Verhooff. 'Denk je niet dat minstens één diplomaat of ambtenaar zijn finest hour in de media wil beleven? En bovendien, hoe leg je een firma als Hiskia van Kralingen of een ander transportbedrijf uit dat men half legaal een miljoenenwerk van Mark Rothko moet terughalen? Dat gaat natuurlijk niet. *Untitled* kwam undercover Slovenië binnen, wij gaan het undercover terughalen.'

'Wie zijn "wij"?' vroeg Olde Husink argwanend.

'Jij en ik. Dat weet je best,' zei Verhooff zonder te aarzelen. 'Ik heb Wendy al gebeld. Er liggen twee tickets voor ons klaar op Schiphol.'

Olde Husink verstrakte. 'Ik reis niet.'

'Ja ja. Maar nu even wel,' zei Verhooff. 'We gaan morgen. We moeten wel tijd hebben om onze tassen te pakken.'

De restaurator trommelde geluidloos met de vingers van zijn linkerhand op de rechtermouw van zijn colbertjasje. 'Begrijp je het niet?' bracht hij uit. 'Ik reis niet. In mijn arbeidscontract is speciaal de clausule opgenomen dat voor bruikleen of technisch onderzoek van een kunstwerk buitenshuis altijd een ander van de afdeling Conservering en Behoud de reizen doet. Ik niet. Ik reis niet.'

Verhooff leunde achterover in zijn directiezetel. 'Waarom eigenlijk niet? Reisangst?'

'Noem het wat je wilt. Ikzelf wil er geen label op plakken. Waarom zou ik angst moeten verbinden aan wat ik niet bereid ben te doen? Anderen sporten niet. Of dansen niet. Hebben die sport- of dansangst? Ik reis niet.'

Verhooff zuchtte. 'Herman, een kleinood van het Hollands hangt te verkommeren op een plek waar je misschien nog niet dood wilt worden aangetroffen. Wat doet dat met dat werk? Hoe is de klimaatbeheersing? Die is er niet eens! De Rothko verschraalt, verpulpt, verwelkt, ver...'

'Goed!' zei Olde Husink met stemverheffing, alsof hij die verschraling door zijn lichaam voelde jagen. 'Goed. Met de juiste medicijnen gaat het misschien lukken.'

Verhooff knikte. Hij kon niet zonder het 'sporenonderzoek' door Olde Husink. Hij dacht even na over die medicijnen. Het was geen voordeel om met een patiënt op reis te gaan.

'Dat is dan afgesproken,' zei hij. 'Er gaat een vlucht naar Ljubljana om tien over één morgenmiddag. Vergeet je paspoort niet.'

6

De oude binnenstad van Ljubljana was een nieuwe binnenstad. Communistische architectuur was omgebouwd en herbepleisterd of met de slopershamer weggewerkt, en alles aan deze nieuwe oude kleine stad wilde gemoedelijk en genoeglijk zijn. Verhooff en Olde Husink hadden ingecheckt in hotel Lev, het enige vijfsterrenhotel in de binnenstad. Wendy had twee kamers voor hen gereserveerd. En terwijl Ljubljana buiten als een montere dirndl de rokken zedig optrok tot net boven de knie, overlegde Verhooff binnen met de receptionist, die een wormstekig soort Engels sprak, over de mogelijkheid van een taxirit naar Novo Mesto en weer terug. Verhooff vroeg zich af wat Emma had bewogen om ergens nabij dit poppenhuisstadje *Untitled No. 18* te droppen. In het vliegtuig op weg naar de Sloveense luchthaven Brnik had hij zich snel ingelezen; het land mocht dan grenzen aan Kroatië, de oorlog van vijftien jaar geleden was aan dit Klein-Zwitserland van de Balkan geheel voorbijgegaan.

Schuin tegenover hotel Lev, dat gelegen was aan een smetteloos plein en dito stadspark en grensde aan smetteloze lichtblauw- en rozebepleisterde huizen, stond een kleine rij auto's met naast iedere auto een gedrongen figuur in hemdsmouwen. Dat waren de snorders, had de receptionist in zijn honkytonkengels uitgelegd, daar kon je beter niet mee in zee gaan, al wilden ze behalve chauffeur ook graag voor gids en reisbegeleider spelen.

Juist zo iemand hadden Olde Husink en hij nodig. Iemand die niet alleen chauffeerde, maar die hen als manusje-van-alles kon begeleiden op een – ongetwijfeld eenvoudige – speurtocht naar dat culturele centrum in Novo Mesto.

Toen Olde Husink en hij even later voor de ingang van het hotel een beetje bleven dralen, maakte zich uit het kluitje snorders direct een blonde jongen los die een kop groter was dan de rest. De jongen legde uit dat hij graag als gids wilde fungeren, tegen een mooie prijs, waarna een riedel volgde over de schoonheid van het land. Hij sprak aanmerkelijk beter Engels dan de receptionist in het hotel. Af en toe werd het Engels onderbroken door een enkel Sloveens woord, dat klonk als een weggeslikte niesaanval.

'Wij zijn voornamelijk geïnteresseerd in het stadje Novo Mesto. Dat schijnt de cultuurstad van Slovenië te zijn.' Om de kandidaat-gids niet voor het hoofd te stoten, had Verhooff het niveau en het accent van zijn Engels enigszins bijgesteld. Het hielp nooit mee als je anderen in taalbeheersing overtrof.

Maar het blonde joch begon nu licht te glimmen.

'Zie je, ik dácht het al,' zei hij in het Nederlands. 'Nederlanders! Wat leuk! Ik zie dat vaak meteen, maar als je twijfelt, moet je toch in het Engels beginnen. Weet u, er komen ieder jaar meer Hollanders naar Ljoeb. Echt, de Hollanders ontdekken het land, hoor. Ikzelf woon hier nu drie jaar, Sloveens vriendinnetje, en nou ja, het gaat zoals het gaat.'

Verhooff keek even opzij naar Olde Husink. Of je je nu expres wat minder eloquent in het Engels uitdrukte of niet, het was niet fijn om direct als 'Hollander' te worden geïdentificeerd. De restaurator toonde zich onkarakteristiek geamuseerd. Van diens reisangst had Verhooff overigens nog weinig gemerkt, maar dat kon ook liggen aan de medicijnen die Olde Husink voor en tijdens de vlucht gedoseerd had ingenomen.

Het blonde joch herhaalde de riedel die hij in het Engels had afgestoken, nu in het Nederlands. Er resoneerde vaag een Noord-Hollands dialect mee. O- en e-klanken zochten van diep achter in de keel een uitweg en kwamen er ten slotte als au- en eu-klank uit. Deze jongen was vermoedelijk vanuit de West-Friese bollenvelden in de richting van de Balkan gekatapulteerd.

'Wij hadden dus voornamelijk interesse in Novo Mesto.'

'O ja,' zei het joch direct, 'da's nog geen drie kwartier rijden.'

'Wat is je dagprijs?'

Even welde er een verstrooid waas op in de ogen van de jongen, hij keek een moment schaapachtig in het niets en zei toen, met een stem die een halve octaaf was gedaald: 'Nou. Ik dacht zo'n dertig euro.'

Verhooff wendde enige aarzeling voor.

'Fooi is dan niet nodig,' voegde de jongen eraan toe.

'Het is goed, joh. Je komt als geroepen.'

De jongen heette Edo Veerkamp en reed in een donkerblauwe Toyota Corolla. Die mocht hij leasen van het bedrijf van zijn aanstaande Sloveense schoonvader, die behalve in Ljubljana ook in de stad Maribor een import- en exportzaak had. De export van Sloveense wijnen nam jaarlijks toe vanwege het gunstige prijsniveau in vergelijking met Italië en Frankrijk. Maar wat de jongen verder nog op enthousiaste toon meldde, drong nauwelijks tot Verhooff door. Hij werd in beslag genomen door de vraag hoeveel hij dit joch zou vertellen over de werkelijke reden van de missie naar Novo Mesto. Hij kon moeilijk blijven volhouden dat Olde Husink en hij hier louter waren voor Sloveense kunst. Eenmaal op weg in de Toyota naar Novo Mesto haalde hij na een straf kwartiertje de uitdraai tevoorschijn van *Untitled* met het affiche en de streep van het schoolbord ernaast. Hij legde de kopie op het dashboard, precies tussen hem en de jongen in.

'Edo, we gaan in Novo Mesto dit kunstwerk ophalen.'

De jongen wierp een blik op het A4'tje.

'Dat ken ik wel,' zei hij. 'Die waterige kleurvlakken. Hoe heet die gast ook al weer? Mijn broer heeft thuis een poster van hem hangen.'

'Je broer is een kunstliefhebber?' vroeg Verhooff. Het leek

hem beter de naam Rothko, als het even kon, niet te laten vallen.

'Nee, dat niet,' zei Edo. 'Hij kreeg die poster een keer op z'n verjaardag, van een vriendin. Typisch vrouwencadeau. Zou ondankbaar staan als je het niet ergens ophing.'

'Lees jij Sloveens?' vroeg Verhooff. 'Er staat hier iets over een cultureel centrum.' Hij wees op de zin op het A4'tje naast de Rothko.

Zonder vaart te minderen nam Edo de uitdraai van het dashboard en bracht die naar zijn gezicht. 'Kleine letters, zeg,' constateerde hij. 'Maar er staat "cultureel centrum De Orchidee". Met daaronder het adres.'

'Prima. Daar willen wij naartoe. Bij dat cultureel centrum weten ze misschien in welk gebouw dit kunstwerk hangt. En als ze het niet meteen weten, hebben we jou als tolk om wat extra vragen te stellen.'

'O, maar de meeste mensen spreken heel goed Engels, hoor,' zei Edo opgeruimd. 'Ik tik het adres meteen even in op de navigator.'

Een half uur later al sloeg Edo af naar Jerebova Ulica, de straat die op het affiche stond vermeld.

Novo Mesto was een miniatuurvariant van Ljubljana. In een aangeharkt park liepen vrouwen die breed in de heupen waren achter grote, hoge kinderwagens. Ook hier waren veel woonblokken pastelkleurig. Een stad die de hele dag druk bezig was in te dommelen.

Aan weerszijden van de straat stonden pastelkleurige jugendstilhuizen, afgewisseld met buurtwinkels en een enkele grijze doos die uit het tijdperk-Tito stamde. Het cultureel centrum was niet groter dan een gemiddeld woonhuis, en toen Verhooff er aanbelde en een vrouw met een grote blauwe designbril opendeed, had hij even het idee dat ze verkeerd zaten. Maar na de inleidende woorden in het Sloveens door Edo stelde de vrouw zich voor (met een naam die Verhooff niet direct verstond; Edo moest haar naam herhalen: Tuzovic) en zei toen in vlekkeloos Engels dat het centrum meer een buurthuis was, met culturele activiteiten voor mensen uit de omgeving, jong en oud. 'Met onder andere poppentheater, amateurtoneel en op de zondagmiddag een open podium.'

'Dan weet u misschien wel waar dit affiche hangt.'

'Ach. Wilt u eerst niet even binnenkomen?' Mevrouw Tuzovic

– Verhooff schatte haar ongeveer even oud als hijzelf – ging hun voor door een brede gang, die uitkwam op een lege ruimte met rood linoleum op de vloer.

'Hier geeft een vrijwilliger drie keer in de week een cursus yoga.'

Mevrouw Tuzovic stond erop een rondleiding te geven, en pas in het vierde of vijfde vertrek, een rechthoekige kamer met houten tafels en stoelen als in een zieltogend theehuis, verwaardigde ze zich de uitdraai te bekijken. Welgemoed wreef ze haar handen af aan haar lange, uitlopende jurk, duwde daarna met een duim haar afzakkende bril terug op de neusbrug en kneep haar ogen enigszins samen, alvorens een kreetje van herkenning te geven.

'Ach, maar dat is gewoon verderop in de straat. Ik heb dit affiche zelf opgehangen, in het hoofdlokaal van onze school voor moeilijk lerende kinderen. Die kinderen maken zo dankbaar gebruik van ons open podium; u weet misschien, een verstandelijke handicap hoeft creativiteit niet in de weg te staan.'

Eenmaal weer buiten wees mevrouw Tuzovic hun behulpzaam de weg. Gewoon de straat uit wandelen en dan zouden de drie heren vanzelf het mooie schoolgebouw zien.

Het was lang na vijven en dus na schooltijd, alle moeilijk lerende kindertjes waren uit het schoolgebouw verdwenen, maar na een kort welkom door een hoffelijke conciërge, verscheen daar opnieuw een dame met bril om hen te woord te staan. Zij heette José Zaitz en bleek het hoofd van de school te zijn. Mevrouw Zaitz droeg een driekwart broek en 'praktische schoenen', zonder noemenswaardige hak en met brede, ronde neuzen. Belangstellend bekeek zij de uitdraai en daarna de dossier- en eigendomspapieren. Mevrouw Zaitz begon te stralen toen het haar duidelijk werd dat in haar school werk hing van een erkende crack.

'Moeilijk lerend' bleek ook hier een eufemisme voor 'verstandelijk gehandicapt', wat vervolgens weer een eufemisme was voor 'zwakbegaafd', totdat je uitkwam bij de woorden waar lang geleden niemand aanstoot aan nam, maar die inmiddels hard en neerbuigend klonken: de Rothko hing aan een wand in een klaslokaal voor debiele en imbeciele kinderen. Op school bekwaamden deze kinderen zich veelal in zang, dans, handvaardigheid en andere pedagogisch-didactisch verantwoorde bezigheden waar zij, zo veel wist Verhooff er nog wel van, doorgaans een plezier aan beleefden waar het kinderen aan de andere kant van het IQ-spectrum nog weleens aan kon ontbreken.

De directrice ging hun voor door een gang met aan één kant hoge ramen. Naast het schoolbord en recht boven een vaag bevlekt en bespatterd fonteintje hing daar *Untitled No. 18*. De kraan van het fonteintje lekte, er klonken lievige waterploinkjes op in het lokaal. Verhooff keek naar de Rothko. En keek nog eens. Hij had het gevoel dat zijn hart in vierkwartsmaat voor hem uit marcheerde.

Verhooff knikte kort in de richting van Olde Husink. De restaurator leek zowaar even ontroerd. Hier in het lokaal hing zomaar ware schoonheid, onverdacht en onverholen. Van buiten kwam akoestisch gedruis van autoverkeer, mevrouw Zaitz draaide besmuikt de kraan van het fonteintje dicht en voerde het woord over dingen die nu in het geheel niet tot Verhooff doordrongen, maar stemgeluid en verkeersgedruis namen de indruk niet weg dat *Untitled No. 18* vormgaf aan een kloosterlijke stilte, bescheiden en beschut, een op het canvas uitgespaarde stilte, die naarmate de blik zich langer aan de kleuren hechtte, intenser en vertrouwenwekkender werd – een werk als een goedertieren gestalte, een ingelijst klein paradijs dat alle chaos en rumoer aan de wereld wist te onttrekken en er het evenwicht van een troostende stilte voor teruggaf, een stilte die in het teerst en warmst denkbare rood opgloeide, afgezet tegen een rechthoek van *blue velvet*, met om het blauw en rood heen een oplichtend geel, dat van het canvas leek te zweven, een geel zó ijl en transparant en tegelijk zó intens dat hij begon te vermoeden dat Mark Rothko hier – en de grote woorden kwamen uit zijn gemoed gevonkt als ontijdig ontstoken vuurwerk – de ziel van de zon had willen vastleggen, of datgene wat je nog van de zon kon zien als je er iets te lang naar keek, maar dan wel nét voor het moment dat je je ogen moest sluiten en dat er achter je oogkassen allerlei kleurbollen en -vonken explodeerden.

Verhooff wendde zich af en deed alsof hij naar buiten keek, want even dreigden zijn ogen zich te vullen. Emma Duiker kon met heel haar vakmanschap wel twintig Rothko's kopiëren, dat opgloeiende Niets viel natuurlijk niet, nooit en door niemand te herhalen. Tegelijk ontkwam hij niet aan bewondering voor wat Emma Duiker haar 'missie' had genoemd: grootse kunst op stille plaatsen te laten gedijen, zodat de massa niet langer 'u' en 'meneer' tegen die kunst hoefde te zeggen, een massa die in voorgeprogrammeerde bewondering door een reservaat met de naam museum voortschuifelde. De 'menselijke maat' terugbezorgen aan heilig verklaarde topkunst – als er niet zoveel miljoen euro mee was gemoeid, school er veel goeds in.

'Hangt het daar niet in de volle zon?' vroeg Olde Husink in het Engels aan mevrouw Zaitz.

'Op mooie dagen schijnt de zon aan het eind van de middag op het kunstwerk,' antwoordde de directrice blijmoedig. 'Dan wordt het rood van het doek nóg dieper dan normaal, zo rood als een roos in volle bloei.'

Olde Husink slikte een korte kreun weg. 'Is het niet verstandiger om het juist op een minder zonnige plek te hangen?' vroeg hij.

Mevrouw Zaitz wees enthousiast naar de ingang van de klas.

'Het hing ook eerst bij de deur, een stukje lager,' zei ze. 'Ons soort kinderen is heel tactiel ingesteld, dat weet u misschien. En ze hielden meteen heel veel van dit kunstwerk. Sommigen wilden het graag strelen. Is dat niet bijzonder? Maar de conciërge ontdekte twee chocoladevingers rechts onderaan. Dat is ook weer niet de bedoeling. Hij heeft de vlek keurig weggehaald, met een lapje en wat warm water. De kinderen in de klas hebben het werk ook nagetekend en nageschilderd. Wilt u dat zien?'

Olde Husink leek in plakjes uiteen te vallen. 'Mag dat misschien een volgende keer?' vroeg hij.

Die vraag herinnerde Verhooff eraan dat van een 'volgende keer' absoluut geen sprake mocht zijn. Intussen bekeek hij *Untitled* met heel andere ogen: het doek leek ineens overdekt met een vlijtig stempelwerk van chocoladevingers. Hij klikte zijn aktetas open, haalde de dossiermappen van het Holland Museum tevoorschijn en spreidde de eigendomspapieren van *Untitled No. 18* uit op een willekeurig schooltafeltje.

'Wij werken voor het Hollands Museum in Amsterdam.' Het leek hem beter zijn directeurschap te verzwijgen. 'Dit werk is eigendom van het museum. Via een onvoorziene weg is het hier terechtgekomen. Wij hopen dat u ons zult helpen om het kunstwerk terug naar Amsterdam te laten reizen.'

Dit klonk alsof de Rothko op eigen kracht en op pootjes de wereld in was gestapt – maar dat gaf niet, de boodschap was duidelijk.

Edo Veerkamp mengde zich in het gesprek. 'Ik vertaal het voor alle zekerheid even in het Sloveens.'

Bij mevrouw Zaitz was het rothkoëske rood naar de zachte wangen gevlogen; zij zocht naar woorden, die haar mondjesmaat ontsnapten.

'Dat is nogal iets wat u mij nu vraagt. Ik zou dan toch eerst... Excuses.' En mevrouw Zaitz richtte zich nu in het Sloveens tot Edo, die opleefde en ja-knikkend zijn blik gericht hield op mevrouws mond en ogen. Hij keek erbij alsof hij ieder woord het liefst met een pincet van haar lippen wilde plukken om ze vervolgens onder een vergrootglas te leggen.

'Mevrouw Zaitz zegt dat ze het werk niet zomaar kan meegeven. Ze heeft een kunststudent uit Ljubljana beloofd het in bruikleen te houden. Ze stelt voor dat we morgen nog eens langskomen.'

'Dat gaat helaas niet,' zei Verhooff in het Nederlands tegen hem, en hij vervolgde in het Engels tegen mevrouw Zaitz: 'Misschien wilt u een en ander controleren aan de hand van de eigendomsgegevens.' Hij wees op het catalogusnummer in het dossier.

Naast hem had Olde Husink zijn polstas opengeritst, waaruit hij de witte linnen handschoenen haalde.

Onwillekeurig deed mevrouw Zaitz een stapje naar achteren, alsof ze meende dat Olde Husink duistere plannen met haar had. Met veel hoest- en proestklanken richtte ze zich tot Edo.

'Mevrouw zegt dat ze er eerst over moet vergaderen,' vertaalde hij uiteindelijk. 'Ze kan het niet zomaar meegeven.'

Verhooff ving een hulpeloze blik op van Olde Husink, die behandschoend en wel twijfelde of hij *Untitled No. 18* van de wand zou halen.

Hoe kon de vergaderhindernis worden genomen zonder mevrouw Zaitz voor het hoofd te stoten? Wanneer was het vergaderen eigenlijk in het menselijk gedrag geslopen? Wie iets niet kon, wilde of aandurfde, zoog de directe omgeving gewoon vacuüm door het v-woord in de mond te nemen. En de mens maar denken dat de wereld zou kapseizen onder terreur, bewapening of rassenhaat – terwijl men elkaar intussen de afgrond in vergaderde.

Verhooff herpakte zich met moeite en zei tegen Edo: 'Kun je tegen mevrouw Zaitz zeggen dat we maar twee dagen in Slovenië zijn? En dat we het graag willen oplossen zonder de nationale autoriteiten op de hoogte te stellen van de diefstal en van de plek waar de Rothko is aangetroffen?'

Edo en mevrouw Zaitz sloten zich weer op in hun tentje van hoest- en proestgeluiden.

'Waar het op neerkomt,' zei Edo even later, 'is dat mevrouw Zaitz zich voor het blok gezet voelt. Die uitdrukking gebruikt ze niet letterlijk, in het Sloveens zeg je zoveel als "men plaatst mij in een ronde kamer en ik krijg de opdracht in een van de hoeken te gaan staan", wat ik een mooie uitdrukking vind, maar...'

'Goed, goed.' Verhooff vroeg zich af wat het schoolhoofd kon uitrichten als hij doodgemoedereerd met de Rothko onder de arm het schoolgebouw uit zou wandelen.

Mevrouw Zaitz leek zijn gedachten te raden. In het Engels voegde ze hem toe: 'Iedere school in Slovenië heeft een conciërge die tevens in functie is als bewaker. Bovendien kan ik het lerarenkorps bijeenroepen.'

Het schoolhoofd leek beduusd van haar eigen beslistheid.

'Dat is echt niet nodig, mevrouw Zaitz,' antwoordde Verhooff met een glimlach, en hij maakte een kort gebaar naar Olde Husink.

Met tegenzin stroopte de restaurator de linnen handschoenen van zijn handen. Zijn lange, dunne vingers boden onverwacht een vaag sinistere aanblik, zeker toen hij als een pianist vlak voor een muziekuitvoering zijn vingers 'losmaakte' door in het luchtledige te roffelen. Misschien school in iedere restaurator een hardnekkige misantroop. Het waren vrijwel altijd 'de mensen' die de kunstwerken vervuilden. Op een symposium in Keulen had een restaurator van het Prado hem eens uitgelegd wat er met de luchtvochtigheid in een museumzaal gebeurde als daar pardoes dertig mensen binnenkwamen die kort tevoren door een regenbui waren overvallen. Van hun kleren sloeg een damp waar een kunstwerk echt tegen in bescherming moest worden genomen – je kon net zo goed direct een natte lap tegen het canvas smijten. Voor iemand die werkte op de afdeling Conservering en Behoud was het ideaal misschien wel een toonzaal waar geen levende ziel ooit het gerestaureerde kunstwerk zou benaderen. 'Niet toegankelijk voor publiek' – het zou hem niets verbazen als die zin Olde Husink aan het zwijmelen kon brengen.

'Ik stel voor dat u morgen na schooltijd terugkeert,' zei mevrouw Zaitz. 'Dan kunnen we verderpraten, in het bijzijn van de voorzitter van het schoolbestuur.'

En daarmee was voor haar de kous af. Verhooff zag wel in dat verdere discussie geen zin had.

Terwijl Olde Husink de handschoenen opborg in zijn koffertje, zei hij: 'Kunnen we dan tenminste vragen of *Untitled* ergens anders kan worden opgehangen? Hier hangt het in de volle zon. Dan kun je het net zo goed meteen onder de grill leggen.'

Verhooff voelde niets voor een nieuwe meertalige schermutseling met het getergde schoolhoofd. 'We vertrekken. Ik vertel je zo meteen wel wat we nu gaan doen,' zei hij, terwijl hij daar niet eens het begin van een idee over had.

7

Eenmaal buiten maakte Olde Husink direct een verwijt, en zoals zo vaak deed hij dat in de vorm van een vraag.

'Had één telefoontje naar onze ambassade geen indruk gemaakt op deze mevrouw?' Hij zei het nog voordat ze weer in Edo Veerkamps Toyota waren gestapt.

'Goh,' zei Edo peinzend, 'dit had ik niet verwacht.' En hij opende het portier voor zijn twee cliënten.

'Wat had je dan wél verwacht?' vroeg Olde Husink.

Edo leek daar even van te schrikken. Het was voor het eerst dat de restaurator zich rechtstreeks tot hem richtte.

'Nou ja, weet ik veel,' zei hij luchtig. 'De Slovenen kennende had ik wel wat inschikkelijkheid verwacht van mevrouw Zaitz. Vergis je niet, de Slovenen hebben hun welvaart te danken aan handelsgeest en pragmatisme. Kijk maar naar de Balkanoorlog: niet mee bemoeien, ver van blijven, en hand voorlopig op de knip. Zo van: inschikken en opschuiven, samen komen we er wel uit. En dan zogenaamd verbaasd reageren als buurlanden elkaar de hersens inslaan. Een beetje zoals het poldermodel bij ons, maar dan met meer omhaal van woorden. Maar mevrouw Zaitz reageerde niet volgens die gewoonte. Had ik niet verwacht.'

Met dit antwoord leek Olde Husink te kunnen leven.

'Hoeveel vergaderrondes zouden hier overheen kunnen

gaan?' vroeg Verhooff even later aan Edo.

Ze reden inmiddels weer op de snelweg. In een mum van tijd hadden ze het centrum achter zich gelaten, en aan weerszijden van de snelweg dienden zich inwisselbare bedrijventerreinen aan: veel loodsen, veel grijstinten, veel parkeerhavens, veel reclamezuilen.

'Waarom zouden we het ons moeilijk maken?' vroeg Olde Husink. 'We kunnen ook hier blijven. Je tikt 's nachts een ruitje in, neemt de Rothko onder de arm en klaar is Kees. Een kwestie van gerechtigheid.'

Verhooff geloofde zijn oren niet. Het was een uitstekend idee.

'Zou jij dat inderdaad niet willen doen, Edo?' vroeg hij. 'Ik wil je er natuurlijk fors extra voor betalen.'

Als door een loodlijn neergelaten daalde er een nieuw soort stilte in de Toyota.

'Dat lijkt me geen fijn plan,' antwoordde de jongen uiteindelijk. 'Wat denkt u dat het hier is? Een bananenrepubliek? 's Middags sta ik met twee figuren uit Nederland in die school te soebatten om dat schilderij daar. 's Avonds is datzelfde schilderij gejat. Binnen drie uur heb ik de politie voor de deur staan. Terwijl uzelf de volgende ochtend in het vliegtuig naar Amsterdam zit. Nee, niet zo'n fijn plan. Ook niet voor mijn schoonfamilie.'

Deze overwegingen kwamen zo trefzeker uit Edo's mond gerold dat het leek alsof hij die mogelijkheid al had overdacht.

In één moeite door zei hij: 'Maar als u er echt iets voor overhebt... Ik ken wel jongens in Ljubljana die er even heen willen rijden om het kunstwerk op te halen. Maar ja, dat kost dan wel wat natuurlijk.'

'Natuurlijk,' herhaalde Verhooff met dunne stem.

Vanaf de achterbank tikte Olde Husink hem op de schouder.

'Mag ik wel even als punt van overweging...'

'Liever niet, Herman.' Verhooff richtte zich tot Edo. 'Wie zijn die jongens en wat is hun prijs? Ik bedoel, hoeveel moet het kosten?'

'Daar komen we wel uit,' zei Edo. 'Ze zijn met z'n tweeën. Duizend de man, vermoed ik.'

'Tweeduizend euro? Voor een inbraak in een provincieschool? En waarom heb je daar twee man voor nodig?'

Edo haalde slechts zijn schouders op en hield zijn blik strak op de weg gericht.

Verhooff keek opzij. Zijn blik ketste direct af op het lange lint van loodsen, kantoren en bedrijven, die leken te zijn opgetrokken uit enorme wandplaten.

'Kunnen die vrienden van je vanavond al aan de slag?'

'A, het zijn mijn vrienden niet, en b, ze gaan alleen maar aan de slag als ze fatsoenlijk worden betaald.'

'Dat zei je al,' zei Verhooff. 'Weet je wat? Bel ze nu op en leg het voor. Met het tarief gaan we akkoord.'

'Zeg je nu "wij" omdat je ook namens mij denkt te spreken?' vroeg Olde Husink. 'Dan teken ik toch protest aan.'

Verhooff liet het protest onbeantwoord, zodat het in stilte verdampte op de achterbank.

Edo had zijn mobieltje gepakt. Met de ene hand aan het stuur en in de andere de gsm aan zijn oor startte de jongen een sessie van verwilderd proesten en niesen, afgewisseld door korte stiltes. Doordat de Sloveense woorden de auto in caramboleerden, waren die korte stiltes niet écht stil, merkte Verhooff. Sommige vormen van stilte konden hinderlijk dreunen. Hij hield zich verder afzijdig en vermeed het achterom te kijken naar Olde Husink.

Achter de bedrijventerreinen verrees het Sloveense landschap van met loofbos overdekt gebergte. De snelweg voerde door een langgerekt dal. Heel in de verte piepten twee of drie besneeuwde bergtoppen boven alle andere toppen uit. Verhooff had weinig op met berglandschap. Hij was van jongs af aan iemand die gedijde bij de vlakte. Traag door oneindig laagland gaan, dat was je ware. De romantiek te ontdekken wat zich achter een berg bevond was niet aan hem besteed, alleen al omdat dit meestal weer een andere berg was. Ook in de kunst hoefden ze hem niet wakker te maken voor een berglandschap – behalve de *Montagne Sainte-Victoire* van Cézanne, maar die had de Sainte-Victoire dan ook gereduceerd tot een verzameling platte vlakken. In de twintigste eeuw was de kunstcriticus Clement Greenberg in New York op Cézannes schouders gaan zitten, en had plechtig verklaard dat ieder modern schilderij in laatste instantie slechts getuigde van de eigen *flatness*; het schilderij had als 'taak' uit te drukken wat het uiteindelijk was: een plat vlak, een vierkant of een rechthoek, schilderen over schilderen, en dat kwam weer voort uit nadenken over nadenken, en als je dat wilde doen, had je overzicht en weidsheid nodig, en dan stond een berg lelijk in de weg. Het was sterk aan te bevelen snel naar huis te gaan, terug naar het vlakke land, het platte land, de Rothko in een mooie klimaatkist.

Eindelijk hing Edo op.

'Ik heb voor vanavond plannen gemaakt,' zei hij. 'Ik eet bij mijn schoonfamilie, en mijn vriendin heeft ook nog wat kennissen uitgenodigd. Dan kunnen wel veertien mensen vertellen dat ik de hele avond braaf met een bord eten op schoot voor de televisie heb gezeten. Als ik u was, zou ik vanavond een mooi plekje in de dinerzaal van het hotel uitzoeken. En daar vooral de hele avond blijven zitten. Op een plek waar alle kelners goed zicht op u hebben.'

In de verte waren de buitenwijken van Ljubljana te zien. Niemand zei nog veel in de auto, maar het was Edo die de sfeer van de stilte had bepaald.

Verhooff dacht aan Emma Duiker, zoals ze werkte in het restauratieatelier: witte stofjas aan, teenslippers met bij de teen een kitscherige bloem, het zwarte haar opgestoken, omringd door half leeggeknepen tubes, glazen potten met troebel water, waarin een heel boeket van penselen. Een meisje bij wie tijdens het werk nota bene het puntje van de tong tussen de fotogenieke lippen kwam gepiept; een schoolmeisje van eind twintig met donkerbruine ogen waarin hier en daar een groenig vlekje vonkte...

Zou Emma Duiker vijftig, zestig jaar geleden ook de kans hebben gehad kunst te maken? De abstract expressionisten vormden een mannenclub, met een enkele vrouw als echtgenote-van of aangeefster. Hoe hoog was eigenlijk de omloopsnelheid van kunst? Mark Rothko had in volle ernst in een interview beweerd dat het abstract expressionisme zo'n duizend jaar lang de schilderkunst zou domineren en beïnvloeden. Iets meer dan tien jaar na die uitspraak begon de pop-art aan een glorietocht. Dat duizendjarige rijk van de abstract expressionisten viel een tikje korter uit. En na die ordeverstoring door pop-art? Iemand stapte een zeilboot in, voer de Atlantische Oceaan op en keerde niet terug. Iemand pakte monumentale gebouwen in. Iemand strooide met pek, vilt en veren. Iemand zette een haai op sterk water. Iemand verhuisde haar onopgemaakte en bevuilde bed van slaapkamer naar museumzaal. Iemand stapelde tv-toestellen. Iemand stapelde huisvuil. Iemand kocht schrikbarende hoeveelheden diamanten op. Het wachten was op iemand die over water zou gaan lopen, bij wijze van confronterende performance. En dan: iemand liet een meesterwerk verdwijnen. Emma Duiker had beet – het enige nadeel was dat zíjn *Untitled No. 18* het aas moest zijn...

Goedbeschouwd verbaasde het Verhooff dat niemand zo'n verdwijning eerder op touw had gezet. Robert Rauschenberg had een klein werk van Willem de Kooning uitgewist, maar dat was toch iets anders, al was het maar omdat De Kooning toestemming had gegeven. Verhooff zag de artikelen in de kunsttijdschriften al voor zich. 'Emma Duiker lanceert een nieuw eindspel vóór en ván de moderne kunst' – dat soort analyses. Hij was bezig een kleinood te redden dat toebehoorde aan het Hollands, hij redde tevens zijn eigen reputatie, maar dwarsboomde hij niet tegelijkertijd de wording van een revolutionair kunstwerk? Verhooff vouwde zijn handen en blies zachtjes tegen zijn gebogen vingerkootjes. Was er een manier waarop hij deze onverdedigbare verduistering kon verdedigen?

Terug in Ljubljana zaten Edo's kennissen al te wachten op een terras aan de rand van Park Tivoli, recht tegenover hotel Lev. De twee stonden bijna gelijktijdig op toen Edo hen voorstelde. Verhooff zag dat Olde Husink zijn afkeer moest overwinnen voordat hij handen schudde met de jongens.

De twee ingehuurde krachten waren vermoedelijk niet veel ouder dan Edo zelf. Als Verhooff het goed had verstaan, heette de een Janko en de ander Patrick. Beide jongens droegen een leren jasje. De kleinste van de twee had een rond, tanig gezicht met waterige ogen, die Verhooff typisch Slavisch leken. Het was alsof zijn hoofd een tekort aan huid had; als hij glimlachte, was het bijna alsof die huid bij zijn jukbeenderen en voorhoofd op knappen stond.

Zijn metgezel, Patrick, was groter en had een opmerkelijk lange, smalle hals, met een hoofd dat onvast een eindje boven de schouders deinde. Hij had helblauwe ogen en pluizig krulhaar, dat als een te grote bloem recht op zijn hoofd leek te zijn gezet, een uitgebloeide en bruin uitgeslagen hortensia.

De kleinste, die een slappe handdruk had gegeven, deed het woord in een rudimentair Engels, maar ging al snel over op Sloveens, dat uiterst beknopt door Edo werd vertaald. Verhooff vertelde dat hij de volgende ochtend bij het openen van de bank het gevraagde bedrag zou opnemen.

Men wisselde de allernoodzakelijkste beleefdheden uit. Daarna leek niemand nog over gespreksstof te beschikken en trad er een ongemakkelijke stilte in. Verhooff begreep niet goed waarom hem juist nu een lome kalmte beving. Zittend tegenover die Sloveense jongens had Verhooff het idee dat hij uit zijn leeftijd tuimelde; dat hij door middel van het diffuse verbond met Edo en diens kennissen in een achterafstraatje van het leven belandde, zonder zekerheden, maar mét uitzicht op iets wat in zijn bestaan langzaam weg was geëbd: onafhankelijkheid, vrijheid. Emma Duiker was misschien inderdaad een vrijheidsstrijdster.

De langste van de twee sprak glimlachend enkele fluisterwoorden uit die hij niet verstond, maar die op Edo een verkwikkend effect hadden. Zijn rug rechtend wendde Edo zich tot Verhooff.

'Janko zegt dat hij vanavond zijn beste beentje zal voorzetten,' sprak Edo. 'Dat zegt hij niet letterlijk, in het Sloveens heet het dat je een plant in volle bloei zal trakteren op persoonlijk zonlicht, wat ik een veel mooiere uitdrukking vind dan dat malle Nederlandse "beste beentje", maar...'

'Wil je tegen Janko en Patrick zeggen dat wij nu al heel dankbaar zijn?' zei Verhooff.

Hij had alles tot in detail overdacht. Bij het opengaan van de banken om half negen zou hij het gevraagde bedrag via de kunstaankooprekening van het Hollands opnemen. Olde Husink zou intussen bij een plaatselijke winkel voor kunstbenodigdheden basale artikelen voor het vervoer van de Rothko aanschaffen, waaronder een onopvallende koker, ingeval ze zouden besluiten het doek van het spieraam te halen.

Om half tien zou de overdracht plaatsvinden in Verhooffs hotelkamer. *Untitled* was gelukkig van bescheiden formaat; je kon desnoods met het ingepakte schilderij onder je arm het hotel in lopen zonder dat het veel aandacht trok. De uitwisseling hoefde niet meer dan tien minuten in beslag te nemen. Verhooff besloot deze avond nog een terugvlucht te boeken, desnoods via Frankfurt of Brussel. Binnen een week kon *Untitled No. 18* vervolgens weer via een algemeen transportbedrijf zijn teruggekeerd in de natuurlijke habitat, in het depot van het Hollands of anders in een onopvallende hoek van Olde Husinks restauratieatelier.

Edo overhandigde Verhooff zijn kaartje met daarop zijn gsmnummer. Voor het geval dat. Het hele onderhoud op het terras had misschien een kwartier in beslag genomen. Op het plein dat het park Tivoli scheidde van hotel Lev, slenterden toeristen en dagjesmensen van niets naar nergens en vice versa. Voor een moment voelde Verhooff zich opgenomen in de groepen passanten en toeristen. Hij was tamelijk ontvankelijk voor de melancholieke zuigkracht van de *nowhere man, living in his nowhere land*. Musea bestonden bij de gratie van een breed gedeeld verlangen naar zelfvergetelheid en verdwijning. De bezoekers legden het altijd af tegen de dingen, die stil dreunden in ijlwitte zalen. Je maakte je entree in een museum, wandelde rond en loste op in het hooggebergte van de Dingen. Met een hoofdletter. De sensatie tijdelijk te verdampen was de verborgen verleider van al die kunstpaleizen, al die toonzalen. Ook in dat opzicht raakte Emma Duikers kunstproject een kern.

Bij de draaideur van het hotel gaf de portier, gekleed in een donkerblauwe billentikker met gele epauletten op de schouder, een bijna militair aandoende hoofdknik toen Verhooff hem passeerde.

'Ik stel voor dat we over een uur hier in het restaurant uitgebreid gaan dineren,' zei Verhooff tegen Olde Husink. 'Ik nodig je uit voor een viergangenalibi.'

8

Drie obers schoven die avond als mimeartiesten om hun tafel. Toen een van de drie de borden van het voorgerecht kwam weghalen, boog Olde Husink voorover en zei: 'Eén vraag. Waarom? Waarom laten wij dit allemaal gebeuren? Herstel. Waarom laat jíj dit gebeuren?'

Verhooff keek het restaurant rond. Iets meer dan een handvol gasten zat verspreid over de ruimte. Achtergrondmuziek kringelde langs de muren omhoog.

'Waarom al deze, al deze... krankzinnige risico's teneinde één enkele kunstenaar in bescherming te nemen?' Het was duidelijk dat Olde Husink niet doelde op Mark Rothkowitz, geboren in 1903 in Daugavpils, Letland, en in 1970 overleden in New York.

'Nu stel je toch nog twee vragen,' zei Verhooff. 'En over het stellen van vragen gesproken, ik vraag jou vrij vaak iets. Je geeft zelden direct antwoord. In plaats daarvan formuleer je meestal een tegenvraag. Waarom doe je dat?'

Alsof Verhooff hem aansprak op een troebele karaktertrek, greep Olde Husink betrapt naar het servet dat voor hem op tafel lag, en veegde nadrukkelijk zijn mond af. Daarna keek hij ineens heel verkwikt. Het was alsof hij lang op dit moment had gewacht.

'Verplaats je eens in mijn positie,' zei hij, 'en stel je voor dat je zoals ik meer dan vijfentwintig jaar kunst restaureert. In die tijd heb ik alle zekerheden omtrent de beroepsgroep zien devalueren. Vroeger was iets beschadigd of niet. Dat was overzichtelijk. Wij restauratoren hadden specifieke middelen tot onze beschikking om beschadigingen te herstellen. Totdat het schilderij in de verdrukking kwam. Kunstenaars gingen aan de slag met de meest buitenissige materialen, ze fabriceerden rare mechaniekjes of draaiden doodleuk gloeilampen in hun installaties – maar wat is het gevolg voor ons? Dat we geen vakmensen meer zijn, maar boodschappenjongens die naar de supermarkt of zelfs de lommerd worden gestuurd voor dertig nieuwe spaarlampen of tl-buizen of boutjes en moertjes of erger. Erger, ja. Wat moet het Hollands Museum met de hompen vet van Joseph Beuys beginnen? Dat vet vergaat. Moeten restauratoren dan nieuwe hompen vet gaan bestellen? Nu zijn we al zover dat bepaalde diaprojectoren uit installaties uit de jaren zeventig niet meer leverbaar zijn, en wat doen mijn collega's? Die schaffen nieuwe projectoren aan en verstoppen achter zo'n installatie geluidsapparatuur waarop het geklik van die projectoren van vroeger te horen is. Dat noem ik vernederend. Vernederend voor de beroepsgroep. Heb ik daarvoor vijf jaar studie in Engeland genoten?'

Met het air van evenwichtskunstenaars arriveerden twee obers met het hoofdgerecht, en Olde Husink zag zich genoodzaakt zijn betoog te onderbreken. Maar zodra de twee waren verdwenen, ging hij verder: 'Buitenstaanders beseffen niet wat voor werk er op mijn schouders rust. Mijn jongere collega's die zich bezighouden met hedendaagse kunst kunnen niet eens oppervlaktevuil van doeken weghalen. Kunnen niet retoucheren. Maar ze weten wel alles van videobanden en dvd-recorders en van perspex en rucola die dagelijks ververst moet worden in een kunstwerk van, kom, hoe heet ie ook al weer? En ik? Ik zie steeds meer doeken mijn kant op komen. Omdat ik de enige in het museum ben die nog ouderwets *oil on canvas* schoonmaakt. De werken stapelen zich op in mijn atelier, de ene beschadiging is nog dramatischer dan de andere, maar waar moet ik beginnen? En wat moet ik erover zeggen? En dan moet ik ook nog de staat van onderhoud rapporteren. Maar ik aarzel steeds meer om uitspraken te doen over de staat van onderhoud, omdat de kunst zelf al die ambachtelijke uitspraken op losse schroeven heeft gezet. Dan blijven er dus alleen maar vragen over, geen antwoorden.'

Olde Husink wond zich zichtbaar op. Verhooff zag de restaurator zitten in zijn atelier, letterlijk en lijfelijk in de verdrukking door een soort boterberg van schilderijen, van waarachter gesmoord zijn stem klonk, vergeefs protesterend.

'Zullen we ons even concentreren op het eten?' zei Verhooff.

Nog beduusd van zijn eigen openhartigheid werkte Olde Husink zwijgend het hoofdgerecht naar binnen. Ook Verhooff zei niet veel meer. Tijdens het nagerecht zaten zij als echtelieden tegenover elkaar.

Nadat Verhooff de rekening had betaald, verdween Olde Husink naar de toiletten bij de hoofdingang. Verhooff liep naar de liften naast de balie van de receptie. De liftdeuren schoven traag toe toen Olde Husink aan kwam lopen. Verhooff deed een halfslachtige poging op de knop te drukken waardoor de liftdeuren weer zouden opengaan. Maar hij vertrok zonder de restaurator naar verdieping acht. Daar aangekomen bleef hij in de buurt van de lift staan om op Olde Husink te wachten. Hij keek een lange gang met identieke deuren in. Achter een van die deuren zou een kamer moeten bestaan waarin tegenover het bed zomaar een Richter hing, of een Tuymans, een Dumas, een Baselitz of, verder terug, een Picabia of Duchamp. Zomaar, in volstrekte willekeur, en dat niet alleen hier, maar op ontelbare plekken in de wereld.

Opgewonden graaide hij in de binnenzak van zijn jasje naar de gestanste sleutelkaart. Hij moest eerlijk zijn: had hij sinds die ene lezing door Bernard Shorto ooit nog een dergelijke aan euforie grenzende intellectuele opwinding ervaren? Jarenlang was hij een van de velen geweest die zich voltijds hadden beziggehouden met de vraag hoe hedendaagse kunst het museum in te krijgen. Maar waarom werd het oeuvre van Picasso nooit gelucht, om het zo te zeggen? Waarom mocht *Les demoiselles d'Avignon* nooit meer buitenspelen? Dame Duiker was een utopist, dadaïst, postmodernist, anarchist, performancekunstenaar en ongeneeslijke romanticus ineen. Het stond goed om te zeggen dat je niet van ismen hield. Postmodernisme, deconstructivisme, getver, bah! Figuren die dit beweerden, zagen altijd dat ene isme over het hoofd dat met het badwater werd weggegooid. Emma Duiker had hem bekeerd tot het idealisme, zonder dat zij dit van de daken schreeuwde, integendeel. En hij was weerloos tegenover haar stille revolutie – misschien zelfs vanaf het allereerste begin. Zij moest die weerloosheid in hem hebben bespeurd.

Achter hem klonk het getinkel van een lift die arriveerde. Dat moest Olde Husink zijn.

9

In een bankfiliaal niet ver van het hotel nam Verhooff de volgende ochtend vlak na openingstijd tweeduizend euro op van de algemene rekening voor museumaanwinsten van het Hollands Museum. Hij zou de geldopname later wel boekhoudkundig verantwoorden. Desnoods kocht hij op een veiling in Parijs of Berlijn voor een prik wat Sloveense postmoderne huisvlijt, die hij dan te hoog geprijsd in de boeken kon opvoeren.

Rond negen uur was hij alweer in zijn hotelkamer. Hij belde Olde Husink. Edo Veerkamp en zijn, om ze zo maar te noemen, handlangers konden zich ieder moment bij de hotelbalie melden. Olde Husink was stipt om kwart over negen bij hem in de hotelkamer. De restaurator zag meer dan anders bleek om de neus. Zijn ogen waren lichtjes roodomrand.

Vijf minuten voor het afgesproken tijdstip kwam er een telefoontje van de receptie. Drie heren maakten hun opwachting bij de balie. De lift moest omhoog zijn geflitst, want nog geen drie minuten later klonk op de deur een autoritaire, dwingende roffel. Verhooff deed open – en zag direct aan de gezichten van de drie dat er iets mis was. Bij Janko, de leider van de twee, trilde een duister waas over zijn ogen. Maar hij zag óók dat Patrick, die met het hortensiakapsel, het in een grijze deken gewikkelde doek onder zijn arm hield geklemd.

Goddank, *Untitled* was gearriveerd.

Aan beleefdheden werd niet gedaan; Edo nam meteen het woord.

'Meneer Verhooff, ik val met de deur in huis. Mijn kennissen voelen zich, ja, hoe zeg je dat. In het Sloveens...'

'Ik ben heel benieuwd hoe je kennissen zich voelen,' zei Verhooff snel. 'Maar eerst het schilderij. Ik wil het schilderij zien.'

Janko moest iets van zijn Nederlandse zinnen hebben begrepen, dat maakte Verhooff tenminste op uit de opgewonden, trompetterende toon van het Sloveens dat nu de kamer vulde. Sommige woorden en zinsdelen leken de hotelkamer in te schieten, om vervolgens op de wanden van de hotelkamer af te ketsen, waarna ze met een droog plofje op de grond vielen. Al snel lag de kamer bezaaid met allerlei uitgespuwde brokken taal. Uiteindelijk zette Patrick het omwikkelde schilderij op het bureau dat een stukje van het voeteneinde van het hotelbed stond.

Het doek in de deken leunde tegen de wand. Met een snelle beweging wikkelde de krullenjongen de deken van *Untitled No. 18* af.

Daar was het kleinood. Ongeschonden zo te zien.

Verhooff hield zijn hoofd schuin. Aan Olde Husink ontsnapte een kuchje van opwinding. De restaurator sloop op de Rothko af en boog zich ijlings naar de schilderijlijst, zodat zijn scherpe rechte neus bijna de bedoeking raakte. Zonder dat Verhooff het had gemerkt had Olde Husink zijn benige handen weer in de witlinnen handschoenen gestoken. Met een ballerina-achtige handbeweging wipte Olde Husink de bovenkant van de lijst naar zich toe en inspecteerde de achterkant van het canvas. Een knikje, een samentrekking van de mond, nog een knikje.

'Ja. Dit is 'm. Dit is het origineel.'

Verhooff had de aanvechting Olde Husink te omarmen. Er gebeurde iets in zijn middenrif. Het heelal maakte een koprol, als bij plotselinge verliefdheid.

Toen schoten Janko en Patrick als twee wisselwachters naar de Rothko en posteerden zich met grimmige gezichten aan weerszijden van het meesterwerk. De gutturalen kaatsten weer kriskras door de hotelkamer.

'Mijn kennissen voelen zich enigszins beetgenomen,' zei Edo. 'In het Sloveens is er een spreekwoord dat zegt: "Er werd ons een wandelingetje in het park voorgespiegeld, maar we kwamen terecht in een jungle." '

'Dat begrijp ik niet,' antwoordde Verhooff, 'maar ik hoef het ook niet te begrijpen. Ik heb het geld, dat lijkt me het belangrijkste.'

Weer die gutturalen.

'Dat is het hem nu juist,' zei Edo. 'De opdracht was het schilderij hier te brengen. Voor een inbraak in een onbewaakt pand geldt een standaardtarief van duizend euro de man. Wat onvermeld bleef, was dat er in de school een nachtwaker was.'

Janko viel Edo in het Engels bij. 'Big problems! Big, big problems!'

'Dat kun je wel zeggen,' vulde Edo aan. 'De nachtwaker moest overmeesterd worden. Dat betekent "inbraak met geweld", en daar geldt een ander tarief voor.'

'En dat tarief is?' vroeg Verhooff. De tinteling in het middenrif was geheel verdwenen. Het heelal eiste de vrolijke koprol terug.

De Sloveense wisselwachters keken verwachtingsvol.

'Vijfduizend,' antwoordde Edo, nu met zachte stem. 'De man. Mijn tarief niet meegerekend.'

'Ja, kom zeg,' bracht Verhooff uit. 'Krijg het rambam. Ik heb hier het afgesproken bedrag voor jullie en daarmee uit.' En hij haalde zijn portefeuille tevoorschijn.

Zijn lichaamstaal sprak vermoedelijk boekdelen, want opnieuw raakten de twee Slovenen geagiteerd. Patrick had zelfs de deken al weer van de grond geraapt.

'Het rambam, het rambam,' zei Edo weifelend. 'Hoe vertaal je zoiets? Iets als "krijg de pip"? Dat is te onschuldig. "Stik de moord"? Daar schrikken die jongens van, hoor, als ik dat zo vertaal.'

'Het maakt me niet uit hoe je het vertaalt,' snauwde Verhooff, 'als je maar zegt dat ze zich aan de afspraak moeten houden.'

Janko kwam nu recht voor hem staan. Verhooff had de neiging een stap naar achter te doen, maar liet dit na. De adem van de jongen waaierde uit over zijn gezicht, hij rook een mengsel van sigaretten en stoofvlees. De jongen deponeerde een nieuwe laag Sloveense taal op het tapijt. Met priemende wijsvinger stond Janko tegenover hem. Hij raakte nét niet Verhooffs jasje aan. Ineens stokte het verhaal. Janko keek met opgetrokken wenkbrauwen naar Edo.

'Janko zegt dat hij heus wel weet dat dit een kostbaar kunstwerk is. Misschien is het...' – en nu keek Edo hem ineens zeer dwingend aan '...misschien, zegt Janko, is het kunstwerk wel vijfhonderdduizend euro waard. Dat weet hij heus wel.'

Olde Husink mengde zich in het gesprek. 'Ik denk dat we heel goed naar Edo moeten luisteren.'

'Wat bedoel je?' fluisterde Verhooff, zonder te weten waarom hij fluisterde.

'Het is aan u om een kosten-batenafweging te maken,' antwoordde Edo in Olde Husinks plaats.

'We hebben geen keus,' zei Olde Husink op gedempte toon. 'Wie a zegt, zegt b. Kunnen we niet alsnog een tweede bedrag opnemen bij de bank? Daarna is *Untitled* definitief in ons bezit. En die jongens hebben geen flauw idee wat ze hebben bezorgd.'

Verhooff bekeek de twee Sloveense afpersers. Was dit het eindpunt van Emma Duikers 'project'? Eindigde het met ordinaire chantage? Dat kon niet de bedoeling zijn.

'Ik vind het wel goed zo.' Hij haalde de biljetten van vijfhonderd uit zijn portemonnee en maakte aanstalten om het stapeltje aan Janko te overhandigen.

Janko spuugde woeste kreten op de vloer.

'Dat betekent "achteruit",' vertaalde Edo droogjes.

Na die vertaling rolde uit Janko's mond nog een woestenij van woorden. Verhooff voelde dat die taal inmiddels tot aan zijn knieën kwam. Taal kon drijfzand zijn, wel degelijk. Ineens draaide de jongen de taalkraan dicht en sloeg demonstratief zijn armen over elkaar.

Het bleef een tijdje stil in de hotelkamer.

'Ja, dat was allemaal niet zo fijn wat Janko zei,' zei Edo lijzig. 'Kijk, wij in Nederland houden het meestal op "ik trap je ballen omhoog" of "ik schop je de tyfus", maar de Slovenen preciseren in de regel hun bedreigingen. Letterlijk zei Janko, en op zich is het een heel inventieve en beeldende uitdrukking, letterlijk zei hij dat hij, uh, overweegt uw kloten door uw slokdarm omhoog te schoppen, waarna u gaat kokhalzen, zodat uw, uh, ballen als twee erwten uit uw mond zullen ploppen, waarna hij, Janko, dus, op die erwten gaat staan en ze tot moes zal trappen, waarna er vast wel iemand op de wereld zal zijn die de vleesmassa van uw ex-ballen zal willen uitsmeren op een toastje. Maar dat dan in veel minder woorden, hè, dat spreekt voor zich. Maar eerst, zegt Janko, gaat Patrick op een bepaalde manier aandacht besteden aan het schilderij. Iets wat ik niet helemaal begrijp, eerlijk gezegd.'

Patrick haalde uit zijn binnenzak een mes, dat hij met één vlugge vingerbeweging openknipte. Zonder erbij na te denken deed Verhooff een stap naar de Rothko. Lenig en licht bewoog Patrick het mes naar het canvas. Verhooff sprong naar voren, om met één gestrekte arm het doek van het mes te scheiden. Hij wilde de schilderijlijst beetgrijpen, maar tegelijkertijd, alsof er kortsluiting ontstond tussen hoofd en hand, balde zijn hand zich tot een vuist en raakte hij met zijn knokkels het uiteinde van de lijst.

Alle stemmen in de kamer leken zich achter een sluier te bevinden. Hij was de middelpuntzoekende kracht in de hotelkamer; de rest stamde uit een tweederangswerkelijkheid. Midden in die werkelijkheid greep Janko het andere uiteinde van de schilderijlijst, zodat *Untitled* lichtjes naar voren kantelde. Verhooff trok zijn hand terug en wilde met een grijpend gebaar de val van *Untitled* voorkomen. Hij greep de lijst – en greep ernaast.

In de luttele seconden die nodig waren om zijn nu half tot vuist gebalde hand terug te trekken, voorzag hij het onontkoombare: dat die luttele seconden ontoereikend waren.

Voor zijn ogen zag hij gebeuren wat nog niet was gebeurd en op datzelfde ogenblik al gebeurd leek te zijn: zijn hand, de vuist, het canvas.

Hij had nooit een schilderijdoek horen uitscheuren. Er klonk een scherp gekraak als van een boomtak die in tweeën breekt – een onverwacht grof geluid voor zo'n frêle stuk linnen.

Als bevroren keek Verhooff naar zijn hand die voor de helft door het canvas stak. Hij durfde die hand niet te bewegen, laat staan terug te trekken.

Zonder nog iets te zeggen liet Janko de schilderijlijst los. Verhooff voelde het linnen tegen zijn pols kriebelen.

Niemand zei iets, zelfs Edo niet. En in het midden van die ring van stilte kwam het Verhooff voor dat de alledaagsheid van het gekriebel zich binnenstebuiten keerde en veranderde in de horror van het ultieme Niets. Hij keek naar de kleuren op het canvas. Die kleuren vielen uiteen. Blauw wriggelde in duizend stukjes, rood raakte doorkliefd, geel brak open, en vanzelfsprekend reet tezamen met die kleuren het complete uitspansel uiteen.

Verhooff durfde zich nog steeds niet te bewegen. Het doek balanceerde rond zijn pols, leek het wel. Achter de manshoge wal van de grote, gezwollen woorden van zo-even riep een jongetje om zijn moeder.

Toen loste die tweederangswerkelijkheid op. Met een geluidloze knal viel het échte hier en nu hem toe.

Olde Husink bracht een hand naar zijn open mond. Hij greep zijn kin vast als om zijn hoofd te stutten.

Met langzame wrikbewegingen trok Verhooff zijn hand terug.

Alsof ze elkaar een seintje hadden gegeven, begonnen de Sloveense jongens zacht snuivend te lachen. Patrick had zijn knipmes weer opgeborgen. Bij Janko ging het snuiven over in een ijl gegiechel. Hij raapte de bankjbiljetten van de grond. Het geld verdween fluks in zijn binnenzak.

Toen liet ook Edo van zich horen. 'Ik bedank voor mijn aandeel,' zei hij met geknepen stem. 'De schadepost zal wel uh... hoog zijn.'

Verhooff wilde iets zeggen, maar kon niets bedenken.

Het Sloveense tweetal was de gang op gelopen. Daar ging het gegiechel over in een daverend gelach, dat nog duidelijk te horen was toen ze bij de liften moesten zijn aangekomen.

'Excuses, excuses!' zei Edo tegen niemand in het bijzonder. 'Dit was nooit de bedoeling!'

Hij maakte zich op een drafje uit de voeten, de geurvlag van de Slovenen achterna.

In de hotelkamer gebeurde een poosje helemaal niets. Olde Husink stond roerloos tussen het voeteneinde van het hotelbed en de gehavende *Untitled*. Verhooff wist nog steeds geen woord uit te brengen.

'Een schade als deze is te herstellen,' zei Olde Husink uiteindelijk.

Verhooff daalde neer op de stoel naast het hotelbed. Hij zag zichzelf door vloeren vallen, door bedden en door stoelen zakken. Hij zag zichzelf dwars door de glazen ruit van zijn leven lopen – in oneindige herhaling.

'Wie heeft de expertise om dit te herstellen?' vroeg hij zacht.

'Wereldwijd? Iedere restaurator van naam zou het kunnen. Maar dan zal het resultaat voldoende tot goed zijn. Willen we een uitmuntend herstel, dan wordt de spoeling heel dun. Ik denk aan vier of vijf topmensen. Epstein in New York, Levitton, ook New York. Silbermann in San Francisco. En misschien twee Europeanen. Angoletti in Rome. Die heeft vrij veel abstract expressionisten onder handen gehad.'

'De duur?' vroeg Verhooff.

'Anderhalf tot twee jaar, minimaal.'

'De kosten?'

'Moet ik jou dat vertellen? Je weet dat misschien wel beter dan ik. De tarieven ontlopen elkaar niet veel. Ik denk tussen de achthonderdduizend en drie miljoen euro.'

Verhooff liet deze informatie op zich inwerken. Voor hij het wist, veranderden de getallen in kleine gestalten, lenige mannetjes van vlees en bloed, trapezewerkers hoog in een piste van een circus dat stond opgesteld in het midden van de hotelkamer, die veertien meter hoog was geworden. Het mannetje van achthonderdduizend euro hing ondersteboven met gekromde benen in de lucht en zwaaide met de trapeze in de richting van het mannetje van drie miljoen euro. Dit mannetje strekte zijn armen, vlak voordat de ander in de lucht een salto maakte.

Verhooff sloot zijn ogen. Meteen werd hij gewaar dat er te midden van het zwart een niet nader te omschrijven substantie uiteenscheurde.

'Ik denk dat iemand anders die restauratie moet gaan doen,' zei hij ten slotte. Hij vond het beter om nog even in het midden te laten wie dat zou moeten zijn.

10

'Ik?' zei Olde Husink een klein half uur later gepikeerd. 'Hoezo ik? Ik zou dit alleen in teamverband kunnen herstellen. En dat doe ik niet. Ik werk alleen. Bovendien: waar haal ik de tijd vandaan? Ik heb nog zeker voor anderhalf jaar werk liggen, er wachten zeker veertien...'

'Jij herstelt het in je eigen tempo en op eigen kracht. Zonder dat we expertise van buiten inroepen. Niemand behalve jij en ik hoeft van de schade te weten. En je hebt de tijd, Herman. De heropening van het Hollands is pas over een jaar of drie.'

Het scheen niet tot Olde Husink door te dringen.

'Wordt het geen tijd om alsnog aangifte tegen Emma Duiker te doen?' zei Olde Husink.

Verhooff slaagde er niet in zijn blik van de gemene scheur in *Untitled No. 18* los te haken.

'Niemand buiten deze hotelkamer zal ooit weten dat de Rothko de depots van het Hollands heeft verlaten,' zei hij toen. 'Niemand weet ook dat de Rothko deze schade heeft opgelopen. Wij laten het doek niet vervoeren, maar nemen het zelf mee. Gewoon als handbagage. Jij haalt het hier van het spieraam. De lijst laat ik via het hotel nazenden, met regulier vrachtvervoer en per vliegtuig.'

Verhooff keek eindelijk weg van *Untitled No. 18*.

Olde Husink nam hem, zag hij, niet slechts op met morele afkeuring, maar ook met weerzin. 'Daar doe ik niet aan mee. Iedereen weet dat je een werk niet zo kunt vervoeren. Ik heb mijn beroepseer.'

'Doe nou maar gewoon wat ik zeg,' zei Verhooff vermoeid.

'Ik neem hier geen enkele verantwoordelijkheid voor.'

'Dat hoeft ook niet. Die neem ik wel,' antwoordde Verhooff.

'Dit is waanzin, een schande voor mijn vak.'

Olde Husink legde *Untitled No. 18* plat op de grond. Op zijn knieën zittend, met zijn gezicht vlak bij het doek en met de kont omhoog, als een moslim in gebed, ontdeed de restaurator het doek van de schilderijlijst. Hij wrikte met een kleine nijptang die hij uit zijn koffertje had gehaald de spijkers een voor een uit het spieraam.

Verhooff pakte zijn weinige spullen bij elkaar. Nu het doek plat op de grond lag, deed met name het doorboorde rood hem vaag denken aan de werken van Georgia O'Keeffe: bloembladeren in extreme close-up. Ook schoot hem het oeuvre van Luigi Fontana te binnen, specialist van monochromen met verticale sneeën in het canvas. Maar die keurige vergelijkingen met bestaande moderne kunst waren niets dan gekunstelde stressonderdrukkers.

Er moest een koker worden aangeschaft om het losgehaalde doek te vervoeren. Olde Husink deed daar een uur over. Bij terugkomst herhaalde hij dat hij geen enkele verantwoordelijkheid wilde nemen voor dit vervoer. Verhooff nam het voor kennisgeving aan. Om het inpakken te bespoedigen begon hij aan het voorzichtig oprollen van het doek zonder spieraam. Olde Husink tikte hem dwingend op de schouder.

'Niet zo, weet je dat niet? Altijd oprollen met de afbeelding naar buiten.'

Haastig rolde Verhooff *Untitled No. 18* weer uit.'Meen je dat nou?' Dan had hij het in zijn tijd als galeriehouder allerlei kunstenaars en assistenten verkeerd zien doen.

Olde Husink ging onder stil protest aan de slag. Lijst en spieraam werden ingepakt in bubbeltjesplastic en achtergelaten bij de balie van het hotel, waar Verhooff de papieren ondertekende voor transport via een latere vlucht naar Amsterdam. Hierna voldeed hij de hotelrekening. Olde Husink droeg de koker door middel van een leren gesp om zijn schouder. Hij zag eruit alsof hij een ingepakte hockeystick bij zich had.

Voordat ze een taxi namen, verdween Olde Husink in de hotellobby met koker en al naar het toilet en kwam pas na enige tijd tevoorschijn. Halverwege de taxirit naar het vliegveld van Ljubljana begreep Verhooff dat de restaurator op de wc zijn voorbereidende werk had verricht door een cocktail van tranquillizers in te nemen. Het leek alsof Olde Husink zichzelf naast hem op de achterbank van de taxi, een Mercedes, opvouwde of oprolde. Verhooff keek even opzij. Misschien was het zo en rolde de restaurator zichzelf in zekere zin inderdaad op, eveneens met de 'afbeelding' naar buiten, maar met de ziel naar binnen, afgeschermd tegen licht en aanraking. Wat hem betreft mocht alles wat in zijn gezichtsveld was – chauffeur, Mercedes, berglandschap – diezelfde behandeling ondergaan en in een koker worden opgeborgen. Een nieuwe bestaansvorm voor de gebutsten onder ons: leven in een opgerolde werkelijkheid.

De taxichauffeur, een hoffelijke, half kale man met glimstraaltjes transpiratie bij de slapen, had de bagage inclusief de koker in de achterbak gedeponeerd. Verhooff stelde zich voor dat de Mercedes van achter zou worden aangereden, met als resultaat een als een harmonica ingeduwde kreukelzone. Tussen het gebutste blik piepten dan de uiteinden van de geplette koker naar buiten, met uit het binnenste van de koker enkele flinters en reepjes zachtblauw, frêle rood, zuchtend geel; voor de argeloze omstanders niet te herleiden kleursnippers.

Aangekomen bij het vliegveld stapte Olde Husink pas uit nadat Verhooff hem een tikje op de bovenarm had gegeven.

'Geef mij maar,' zei Verhooff tegen de chauffeur toen deze de koker aan Olde Husink wilde overhandigen. Olde Husink bewoog zich voort als iemand die in een kinderfilm een slaapwandelaar moet uitbeelden. Zelfs zijn rolkoffer trok hij met moeite achter zich aan.

Bij de balie zei de employee van Slovenian Airlines: 'Wilt u nog bagage inchecken?'

Verhooff schudde van nee.

Het meisje keek vorsend naar de koker die aan zijn schouder bungelde, en zei: 'Dat item is te groot voor handbagage.'

Met een bijna liefkozend gebaar legde Verhooff zijn hand om de koker. 'Ik neem dit liever mee aan boord.'

Die opmerking viel niet in goede aarde. 'Ik wil u vragen om dit item nu af te staan voor de bagagecheck-in. U krijgt problemen met het grondpersoneel als u aan boord gaat. Of anders wel met de crew in het toestel. Als ik het niet voor u incheck, krijg ik problemen met mijn collega's. Wilt u het item nú op de band leggen?'

Verhooff had nog steeds de koker vast. Naast hem bewoog Olde Husink van de ene voet op de andere.

'En als wij onze twee koffertjes afgeven en alleen de koker mee aan boord nemen?' Verhooff trok er in een gebaar van gedienstigheid zelfs zijn schouders bij op.

Het meisje van de incheckbalie produceerde een diepe zucht. Zonder zich ervoor te hoeven omdraaien voelde Verhooff dat er achter hem in de rij enige onrust ontstond. Hij overwoog te vragen of het meisje haar chef erbij wilde halen. Maar met die vraag riskeerde hij dat de wachtenden zich openlijk tegen hem zouden keren. Een nieuw onheilsscenario ontvouwde zich: een handgemeen en een geknakte koker.

Hoe groot was de kans dat bagage op een directe vlucht naar Amsterdam zoek zou raken? Minimaal, besloot hij.

'Meneer, mag ik vragen waarom u niet meewerkt?' vroeg het meisje. Van onder haar onbeweeglijke wenkbrauwen verdonkerde haar blik. 'Wat zit er eigenlijk in dat u niet kunt missen?'

Zonder antwoord te geven liet Verhooff de band van zijn schouder schuiven. Met een geroutineerd gebaar plakte het meisje een bagagesticker op de koker. Eenmaal op de bagageband maakte de koker een bochtje en stuiterde tegen de achterwand.

Met een sloffende Olde Husink in zijn kielzog begaf hij zich naar de gate die op de instapkaart stond vermeld. Bij de beveiligingspoort ging een zoemer af toen hij erdoorheen stapte. Men wenkte hem. Een joch van de douane sommeerde hem zijn broekriem los te halen en zijn schoenen uit te trekken. Daar stond hij, op sokken en met een broek die dreigde af te zakken, tegenover een snotneus die hem bij zijn middel en op zijn kont betastte met handen die bewogen op de maat van geprofessionaliseerde weerzin.

In de tussentijd was Olde Husink weer in een toilet verdwenen. Hij dook pas op nadat Verhooff zijn schoenen weer had mogen aantrekken. Bij Olde Husink ging het alarm in het poortje niet af.

'Ik heb mijn medicatie in de verkeerde volgorde ingenomen,' zei de restaurator gemelijk.

'O ja?' antwoordde Verhooff.

Ze zaten in de wachtruimte van de gate.

'Ja,' zei Olde Husink traag. 'Het moet zijn: eerst twee bètablokkers, en vlak voor het instappen de temazepam. Ik heb het andersom gedaan.'

'Goh. Vervelend,' zei Verhooff toonloos. Zelf was hij dodelijk vermoeid – zonder enig tablet te hebben ingenomen. Het was alsof met het verdwijnen van de koker op de lopende band zijn laatste restje energie was meegestuiterd.

De passagiers van vlucht SA 3862 konden instappen.

Ze zaten naast elkaar op rij acht, Olde Husink op een middenstoel, Verhooff bij het gangpad. Hij begreep zichzelf niet: de Rothko was, zij het gehavend, onderschept en terugveroverd, zodat een traject in de richting van de diepe krochten van anonimiteit en vergetelheid was verijdeld. Waarom voelde hij zich dan verslagen en onthand? Mocht de verduistering ooit openbaar gemaakt worden, dan kon hij toch naar eer en geweten verklaren dat hij eigenhandig de gestolen Rothko had teruggebracht? Dat zag hij geen andere museumdirecteur doen.

Goed, de scheur in het doek was een drama – maar een retoucheerbaar en dus beheersbaar drama, ondanks een onvermijdelijke waardedaling als gevolg van de schade. Hoeveel zou die waardedaling eigenlijk bedragen?

Maar achter dit drama ging het ongemakkelijke vermoeden schuil dat niet Emma Duiker maar hij een natuurlijke loop der dingen had onderbroken. In het licht van een toekomstige eeuwigheid (de eeuwigheid die kunst heet) had hij niet één maar twee kunstwerken beschadigd.

En dan moest het ding dat nu in de koker in de ijskoude laadruimte van het vliegtuig ongetwijfeld lag te schudden en te bonken, ook nog eens worden hersteld door de bête pillenslikker die naast hem zat. Hoelang zou de restauratie precies duren? Tegen de tijd dat het Hollands Museum zou heropenen, zat Olde Husink vermoedelijk nog steeds in gestolen uren die scheur te naaien, geheel volgens de wetten der eindeloze pietepeuterigheid waar restauratoren het patent op leken te hebben.

Vooraan in het gangpad werd een blauw gordijn opengeschoven. Een stewardess liep achterwaarts met een kar vol dranken.

Olde Husink was in slaap gevallen. Zijn tanige hoofd rustte in een onnatuurlijk ogende knik tegen de stoelleuning. Zijn mond was half open, de bovenlip krulde omhoog. Achter hem plensde wit licht door het raampje naar binnen. Tegen de achtergrond van de suizende brom van de motoren hoorde Verhooff hem na enige tijd sonoor snurken. Hij wendde zijn blik af maar keek direct erna tóch opzij, alsof hij zichzelf straf oplegde door de neusgaten van Olde Husink te bestuderen, diens open mond, de naar achteren gevlijde tong, de af en toe trillende huig.

'Koffie graag,' zei hij tegen de stewardess, die met haar kar naast hem was komen te staan.

Kort voor de landing schoot Olde Husink wakker. Hij geeuwde. 'Waar is de koker?' vroeg hij achter zijn hand, en nog tijdens de geeuw.

'Ik moest hem inchecken,' zei Verhooff. 'Het ding was te groot. Weet je dat niet meer?'

Olde Husink verplaatste zijn hand naar zijn ogen. 'O lieve Heer,' klonk het gedempt. 'Die laadruimte is een vrieskist. Eerst die zon, toen die scheur, en nu die kou. Zou een levend wezen zoiets overleven? Nee.'

Verhooff ging er niet op in. Bij het uitstappen drongen ze getweeën met succes voor. Directeur en restaurator waren als eersten bij de bagageband. De wachttijd op de bagage van vlucht SA 3862 viel mee: zestien minuten. Gestaag braakte het gat aan het hoofd van de bagageband zwarte, grijze, grote, grauwe koffers uit. Toen plopte tussen het braaksel de frêle koker tevoorschijn. Olde Husink veerde even op en neer toen de koker met een droge tik tegen de rand van de bagageband kieperde. Verhooff hengelde de koker tussen twee zwarte Samsonites van de band af.

Zwijgend liepen ze, ieder met hun rolkoffertje, in de richting van de ontvangsthal. Eenmaal in de corridor van winkels en fastfoodrestaurants en midden tussen de stroom van reizigers hielden ze gelijktijdig stil, en zonder met elkaar te overleggen opende Olde Husink het ronde, gesealde deksel van de koker. Hun hoofden tikten scherp tegen elkaar toen ze in de koker keken. Directeur en restaurator wendden, ook nu gelijktijdig, het hoofd af. De opgerolde Rothko zat er nog in. Wat hadden ze dán gedacht? Ontvreemding door het grondpersoneel van Schiphol?

Het was half twee 's middags. Een Marokkaan met een hoeveelheid gel in het haar van minstens tien zaadlozingen, bracht hen naar het Westelijk Havengebied, terwijl de house door de taxi klabangde. Er restte nog een halve werkdag.

Eenmaal in zijn directiekantoor moest Verhooff de gedachte onderdrukken dat *Untitled No. 18* gedurende de vliegreis was veranderd in een gestalte van vlees en bloed, een dolende en moegereisde ziel. Die ziel verlangde naar een vertrouwde omgeving: thuis. Het was alsof hij een kind naar huis had teruggebracht.

Misschien was het goed om *Untitled*, eenmaal weer in het depot, te knuffelen. Een korte huivering van schaamte doortrok hem bij deze gedachte – en hij dacht het nog een keer.

II

De eerste dagen na het werkbezoek aan Ljubljana hield Verhooff er serieus rekening mee dat alle capriolen met *Untitled No. 18* alsnog bij de museumstaf bekend zouden worden. Bijvoorbeeld via Emma Duiker, die natuurlijk door een van haar schimmige geestverwanten op de hoogte was gebracht... Bovendien had hij het idee dat de beschadiging van de Rothko hem was aan te zien; alsof de scheur in het canvas indirect een tweede beschadiging had voortgebracht, bij hemzelf, die voor iedereen zichtbaar was.

Eén keer overviel hem zelfs het – dwaze, maar daarom niet minder aanvallige – idee dat het gat in *Untitled No. 18* zich eenvoudig had gedupliceerd en dat hij een identieke leemte vertoonde, ergens tussen onderbuik en hartstreek, geen amorfe holte in zijn binnenste, maar een keurig, kogelrond en cartoonesk gat ter grootte van een tennisbal, waar je, als je goed mikte, met gemak een euro of een propje papier doorheen kon werpen. Het gat strekte zich uit tot zijn kleding en was spic en span, geen spatje bloed te zien en de ingewanden hadden zich netjes herschikt – en daarmee was Verhooffs denkbeeldige uitholling toch het tegendeel van de scheur in het doek van de Rothko.

Maar niemand buiten óf binnen het museum sprak hem aan op welke schade aan *Untitled No. 18* dan ook; niemand die zelfs maar begon over het uitstapje naar Ljubljana. Waarop Verhooff na een tijdje durfde te concluderen: waarom zou men? Emma Duiker en haar jongens hadden de Rothko geruisloos laten verdwijnen, maar even geruisloos had hijzelf het kleinood terugbezorgd. Het traject dat *Untitled No. 18* had afgelegd, kon worden afgedekt en uitgewist.

Ook de nabezorging van de lijst en het spieraam verliep zonder incidenten. Hijzelf tekende bij de receptie van het Hollands in het Westelijk Havengebied voor ontvangst, en zonder nader aan te duiden wat er in de bordkartonnen box – géén bekisting – uit Slovenië zat, gaf Verhooff aan een employé van de afdeling Expeditie en Transport de opdracht de doos af te leveren in het restauratieatelier van Olde Husink.

Van Olde Husink vernam hij niets meer, ook niet via e-mail. Tijdens stafvergaderingen was Olde Husink zijn oude, kluizenaarsachtige en zwijgzame zelf. Het was alsof de restaurator de vliegreis nooit had gemaakt. Zelfs Emma Duiker leek te zijn verdampt. Twee dagen na terugkeer uit Ljubljana had hij haar gebeld. Het was wel zo passend om, pro forma, te melden dat *Untitled No. 18* terug in het museumdepot was.

'Dat weet ik,' had ze gezegd. Hij vroeg er verder niet naar. Misschien had Emma Duiker het hele project wel afgeblazen na zijn interventie.

Zij had weinig te zeggen tijdens dat telefoongesprek.

'Wij geven als museum verder geen ruchtbaarheid aan de verdwijning,' probeerde hij.

'Oké,' antwoordde Emma Duiker.

Was *zíj* het nu die de gepikeerde partij speelde? Narcisten legden iedere belemmering waar zij mee te maken kregen en die voor iedereen gold, uit als een persoonlijke krenking.

'Begrijp ik het goed en is het volgens jou nu zo dat niet het Hollands benadeeld is, maar jij?'

'Zo denk ik helemaal niet,' zei ze. 'Ik had me de afloop van het project alleen iets anders, iets harmonieuzer voorgesteld.'

Verhooff liet zijn blik over zijn bureau glijden. Ordners, rapporten, klein grut van pennen en opbergdoosjes. Hij liet het zo, sprak haar niet tegen. Murw legde hij zijn mobieltje weg.

De lopende zaken kregen hun beslag. Verhooff daalde tijdens kantooruren af in de grijze catacomben van de dagelijkse routine, waar 'het vergaderen' ervoor zorgde dat alles nóg een tint grijzer werd. Vergaderen met de gemeente Amsterdam. Vergaderen met architecten en interieurontwerpers over bijzonderheden van de nieuwbouw en renovatie van het Hollands Museum. Vergaderen met zijn conservatoren. Met projectontwikkelaars, aannemers, bouwplaatsmanagers, opzichters, subsidiegevers, lobbyisten, analisten, fiscalisten, bestuursleden, commissieleden, deelraadsleden, verenigingsleden. Een enkele keer bekeek hij een kunstwerk. Er waren de vroege ochtenden en, soms, lange avonden in 'zijn' museumvleugel. Hij sliep slecht. Soms maakte hij in zijn eentje een wandeling door het lege gebouw. Heel soms zag hij zijn zonen. Verhooff betrapte zich erop te verlangen naar een doodgewoon appartement. Met een doodgewone keuken en dito badkamer.

En dan waren er de verplichte reizen. Naar de biënnales van São Paulo en Venetië. Zijn aanwezigheid was vereist op openingen van tentoonstellingen in verschillende musea in Europa: wining-and-dining in Londen, Parijs, Düsseldorf, Madrid, San Francisco. Hij deed twee aankopen die de kranten haalden. Hij gaf gemiddeld drie interviews per maand aan buitenlandse dagbladen of tv-zenders over het verloop van de verbouwing – die, geheel volgens nieuw ingestelde Nederlandse traditie, vertraging opliep.

Op een zeker ogenblik moest de Nieuwe Vleugel tegen de vlakte. De dag brak aan dat er twee verhuiswagens het bouwterrein op reden, die een parkeerplek vonden tussen de containers, cementwagens, hijskranen en hei-installaties. Samen met de opzichter, een enthousiaste gezette vent met een oversized snor die archaïsch opkrulde bij de uiteinden, liep Verhooff het zoveelste rondje langs de enorme bouwput die de laatste maanden zijn uitzicht had bepaald. De opzichter was verzot op getallen die de grootschaligheid van de onderneming onderstreepten en wees op een twintig meter hoge kraan aan de rand van het bouwterrein.

'Kijk, leuk voor jou om te weten. We gaan stalen liggers plaatsen van vierenveertig ton de ligger. Aan de kraan komt driehonderdtachtig ton contragewicht. Driehonderdtachtig! Dat moet wel, want als die ligger loslaat of de kraan valt om, dan beleeft Amsterdam-Centrum een aardschok, dat kan ik je wel vertellen. Dat je maar even weet wat er allemaal komt kijken bij al die kunst die jij wilt laten zien...'

Verhooff knikte geïmponeerd, maar ook een tikje schaapachtig. Dit soort cijfers begon pas te leven als hij zich de broosheid van het canvas van *Untitled* herinnerde, het doek waar ook zulke enorme getallen omheen zweefden... Twee tot drie jaar restauratiewerk. Opbrengst bij – hypothetische – veiling: tussen de achtentwintig en tweeëndertig miljoen euro. Of zou het na de beschadiging dramatisch lager uitvallen? Daar kon geen loodzware stalen ligger tegenop.

Hij betrok een huurwoning nabij de Zuidas, waar hij al in de eerste week een aangetekende brief van de advocaat van zijn exvrouw ontving, met de aankondiging van een herberekening van de alimentatie. Het was alsof verhuisbedrijf en advocatenkantoor dit zo hadden afgesproken: in één klap was hij gedevalueerd van zondagsjongen van begin veertig met een leeg museum als speelterrein tot een inwisselbare alleenstaande man van middelbare leeftijd in een driekamerappartement die een loodzware alimentatie op de schouders droeg.

Verhooff had een licht welvend buikje, dat in die maanden een buik dreigde te worden. Midden in die buik ontstond een gemene knoop toen op een dag in *Het Amsterdams Devies* een artikel verscheen over, zoals de krant het formuleerde, 'het gewenste profiel van de toekomstig directeur van het Hollands'. De sub-kop van het artikel luidde: 'Welke namen zingen rond?' Waarna er daadwerkelijk een rij namen stond vermeld. Allemaal subcoryfeeën uit het buitenland, zag Verhooff. Twee Amerikanen. Een Duitser, nu werkzaam bij de Kunsthalle van Essen. Een Française, onderdirecteur van het Centre Pompidou.

Nog diezelfde dag breidde de discussie zich uit naar landelijke kranten en tv-rubrieken. De pr-afdeling van het Hollands kreeg een vloedgolf van telefoontjes te verwerken. Columnisten en kunstcritici wierpen zich op de kwestie, die met merkbare schadenfreude werd uitgediept en leeggeschraapt: wie wordt de nieuwe directeur van het Hollands nu Verhooffs termijn afloopt?

Verhooff belde naar Albertien Wijffels, wethouder van Cultuur van de gemeente Amsterdam, en kreeg haar secretaresse aan de lijn. Hij zou het later nog eens proberen, dank u wel. Ook later lukte het niet haar te spreken te krijgen, en hij hield zich voor dat dit géén veeg teken was.

Verhooff had vaak genoeg een mening gehad over de manier waarop in de media hypes werden gecreëerd, en nu bevond hij zich voor het eerst in zijn leven in het oog van de mediaorkaan. Hij was de speldenpunt waaromheen de zelfgenererende turbulentie raasde. Collega-directeuren, gemeenteraadsleden, ambtenaren, kunstenaars – iedereen werd gevraagd naar 'het profiel van de ideale directeur van het Hollands'.

Verhooff polste in het Hollands zijn naaste medewerkers. Hij stuitte op gêne en ontwijkende antwoorden. Hij bleek zo'n beetje de enige te zijn die in de voorbije maanden niet had horen 'rondzingen' dat zijn termijn niet zou worden verlengd. En niemand van het Hollands had er met hem over willen beginnen, in de veronderstelling dat Verhooff had besloten de geruchten te negeren.

Het rondzingen veranderde in ronddreunen. *Het Amsterdams Devies* ging over tot het publiceren van kleine interviews met twee van de genoemde kandidaten, de Duitser en de Française. Verhooff las het met in zijn buik de knoop, die geleidelijk strakker werd aangetrokken. De knoop werd een wurgkoord toen hij zag dat de plannen van de twee elkaar niet ontliepen: beiden gaven te kennen te willen beginnen met een grootse tentoonstelling van hoogtepunten uit wat zij 'de rijke collectie van het Hollands Museum' noemden. De Duitser en de Française somden ieder voor zich de bekende rij namen op: Cézanne, Picasso, Mondriaan, Léger, Matisse, Appel, De Kooning, Rothko, Sherman, Beuys, Stella, Nauman, Baselitz.

Rothko. Natuurlijk.

Het scenario liet zich moeiteloos uittekenen. Zijn opvolger zou worden geconfronteerd met de nooit geopenbaarde beschadiging aan een van de meesterstukken. Met terugwerkende kracht zou de verduistering aan het licht komen. Verhooff zou alsnog verantwoording moeten afleggen.

Diezelfde dag nog bezocht hij het restauratieatelier van Olde Husink. Verhooff was er in geen tijden geweest, er stilzwijgend van uitgaand dat de restaurator annex kluizenaar daar stukje bij beetje zijn herstelwerk aan *Untitled* verrichtte.

Olde Husink was niet bepaald gelukkig met Verhooffs onverwachte bezoek. 'O. Dus nu is het ineens urgent om te komen kijken naar *Untitled*? Nadat ik maanden niets heb vernomen?'

Het leek Verhooff beter deze klacht te negeren. Nog even en hij belandde met Olde Husink in een bijna huwelijks dispuut, gedomineerd door persoonlijke kwetsuren.

'Hoever ben je met de restauratie?' vroeg hij.

Olde Husink reageerde gestoken. 'Hoe kan ik enig tempo maken als ik *Untitled* in gestolen uren moet herstellen?' zei hij. 'Als je fulltime aan die beschadiging zou werken, ben je na een jaar vermoedelijk halverwege. Niemand beseft wat voor precisiewerk het is. En bovendien: mijn gewone werk kan ik niet zomaar opzijschuiven. Het herstellen van *Untitled* is, als we het niet uitbesteden, een kwestie van jaren.'

Was dit de wraak van iemand die zich had laten dwingen op reis te gaan?

'Dan hebben we een groot probleem,' zei Verhooff.

'Dat klopt,' zei Olde Husink direct. 'Maar dat probleem zou al kleiner worden als we de toedracht bekend maken. Dan houden we het erop dat we *Untitled* terug hebben gevonden, maar helaas met een stevige beschadiging. Godallemachtig, waarom doen we niet alsnog gewoon aangifte tegen dat kind?'

Olde Husink was kennelijk zo grimmig gestemd dat hij Emma's naam niet meer kon of wilde uitspreken. Verhooff wist dat de restaurator hem deze vraag zou blijven stellen, keer op keer. En wat moest hij antwoorden? Als hij zou opbiechten dat hij ondanks alles sympathie koesterde voor Emma's beweegredenen en project, dan zou de restaurator – en met hem vele anderen – hem nauwelijks nog serieus nemen.

'De *Victory Boogie Woogie* van Mondriaan hangt in het Hofstadmuseum toch tegenwoordig achter glas?' vroeg hij.

Olde Husink knikte.

'Goed,' zei Verhooff. 'Hoeveel experts zouden Emma Duikers remake nog van het origineel kunnen onderscheiden als zij niet de achterkant met catalogusnummers kunnen bekijken?'

'Nee,' zei Olde Husink, 'ik wil hier niet eens aan dénken.'

'Hoeveel, Herman? Wat denk jij?'

'Vijftig, zestig man?' Olde Husink zei het aarzelend.

'Precies,' zei Verhooff, 'dat denk ik ook. Maar hoeveel van die kenners zouden de remake nog van het origineel kunnen onderscheiden als die achter glas hangt?'

Olde Husink zwaaide jachtig met beide handen, alsof Verhooff achter het stuur zat en andermans bumper dreigde te raken.

'Ik wíl dit antwoord niet geven,' zei Olde Husink geagiteerd. 'Ik doe hier niet aan mee.'

'Heb ik gelijk als ik zeg: niemand?'

'Ik denk inderdaad niemand,' gaf Olde Husink toe.

'Juist,' zei Verhooff. 'Morgen verwacht ik van jou een conditierapport van *Untitled No. 18* waarin je tot de conclusie komt dat het doek, net als zo veel andere Rothko's in Londen, New York en Osaka, te teer is om nog in bruikleen aan derden te geven, en ook te teer en te broos om nog langer zonder voorkantbescherming te tonen in ons museum. Dat is de oplossing. Jij hebt onbeperkt de tijd om het origineel te herstellen. En ik bel met Emma Duiker. Ik zal haar zeggen dat wij haar remake voorlopig niet terugbezorgen. Daar zal ze geen bezwaar tegen kunnen hebben, om het zacht uit te drukken. Zij weet ook wel dat haar lot in onze handen ligt. Ze begrijpt dat ze maar beter kan meewerken aan deze switch. Het alternatief is dat we aangifte doen. Dat wil niemand. Dat wil jíj ook niet meer in dit stadium, Herman.'

Olde Husink gaf geen antwoord.

Een dag later meldde de hoofdconservator zich bij Verhooff met Olde Husinks conditierapport onder de arm. Nog een dag later belde Verhooff Emma Duiker voor een afspraak. Als zij al verbaasd was om na maanden van hem te horen, dan liet zij dit niet merken. Hij stelde de locatie voor. Het Hilton, de brasserie.

'Wat een lekker foute plek,' zei Emma. 'Kunnen we aanschurken tegen omhooggevallen drugshandelaren en vastgoedjongens. Spannend, hoor.'

'Voor de goede orde,' zei Verhooff, 'deze keer zou ik graag werkelijk onder vier ogen met je willen spreken. Dus je kunt je jongens thuislaten. Om twee uur, morgenmiddag. Mee eens?'

Het bleef stil aan de andere kant van de lijn.
'Dat is dan afgesproken,' zei hij toen zelf maar.

12

Verhooff arriveerde met opzet eerder bij het Hilton, zodat hij, zittend op een van de banken in de ontvangsthal van het hotel, van een afstand Emma's entree kon gadeslaan. Toen de portier de hoge glazen deur voor haar openhield, dacht Verhooff wat hij al veel vaker had gedacht op momenten dat hij haar had geobserveerd: was dit echt een kunstenaar die hier haar opwachting maakte?

Emma Duiker droeg een mosgroene legerbroek met steekzakken en daarboven een T-shirt met lange mouwen met aan de voorkant de stippen van Damien Hirst. Een actrice van het avant-gardetoneel die auditie komt doen voor iets commercieels. Een singer-songwriter die niet alleen piano en gitaar maar ook nog eens viool én desgewenst trombone speelt. In ieder geval: een vrouw die niet gewend is het woord 'nee' te horen te krijgen, bezorgster en ontvangster van voorspoed en goed nieuws.

De onvermijdelijke drie zoenen bij begroeting waren van haar kant vluchtig; zij kuste de atmosfeer vlak naast zijn wangen.

Emma kwam meteen ter zake. 'Mijn jongens doen hun laatste jaar Rijksacademie. Ik werk weer gewoon in mijn eentje, want ik heb geen assistenten meer nodig.'

Aldus zette ze meteen de toon van het gesprek. Verhooff maakte er dankbaar gebruik van.

'De kans bestaat dat ik bij de heropening van het Hollands Museum geen directeur meer ben. Bij die heropening zal een opvolger vrijwel zeker *Untitled* een ereplaats willen geven. Ik heb jouw Rothko-remake nodig.'

Wat hij verder wilde zeggen, lukte hem alleen als hij tegelijk iets anders kon doen en een excuus had om zijn blik af te wenden. Terwijl hij de ober wenkte en naar niemand in het bijzonder keek, zei hij: 'De echte is beschadigd bij het, bij het... terughalen.'

Een haastige blikwisseling.

'Dat weet ik,' zei ze. 'En dat spijt me. Als het aan mij had gelegen, was het in Novo Mesto allemaal anders verlopen.'

Verrast keek Verhooff haar aan. 'Dat weet je?' zei hij.

Het verbaasde hem niet dat zij contact had gehad met mevrouw Zaitz van de school in Novo Mesto. Zij had alle locaties vermoedelijk zelf gekozen. Maar hoe wist zij wat zich in de hotelkamer had afgespeeld? Had zij met Herman Olde Husink gesproken?

'Mijn jongens ontdekten na jouw bezoek dat mijn laptop was gehackt,' zei ze. 'Er was in mijn mails gesnuffeld. Dat was wel heel toevallig. En het IP-nummer van de snuffelaar was makkelijk te achterhalen. Ik vond dat niet echt, hoe zal ik het zeggen... ik vond dat niet echt verheffend van je. Ik belde naar het Hollands. Je secretaresse zei dat je op werkbezoek was in Slovenië. Toen wist ik genoeg.'

'En dus?' vroeg Verhooff. Hoe had hij haar kunnen onderschatten?

'En dus moest ik rekening houden met een versnelde afronding van het project. En dan zeg ik het neutraal. Ik schakelde mijn contactpersoon in Ljubljana in. Edo Veerkamp was vanaf het begin betrokken bij het project. Hij liep dat jaar stage in Ljubljana. Eerst voelde hij er niets voor om taxi-jongen en gids te spelen.'

Verhooff had even tijd nodig om deze informatie te verwerken.

'Maar als jij wist dat ik *Untitled* ging ophalen, had jij toch ook zelf die school daar in Novo Mesto kunnen inlichten?' zei hij. 'Waarom had je die Edo nodig?'

Ze keek hem met verbazing aan. 'En dan zou op het laatste moment het project sneuvelen? Nee, dat nooit. Dit was de mooiste oplossing. Het project zou alsnog op een organische manier eindigen. *Untitled* zou zonder ruchtbaarheid en incognito terugkeren naar Amsterdam. Het was niet mijn ideale afronding, maar toch, ik kon ermee leven.'

Verhooff probeerde zijn verwarring te verbergen. Het was alsof hij in een schietstoel zat en zij de bedieningsknoppen in handen had.

'Twee kleine oplichters die *Untitled* uit die school roven,' zei hij na een korte stilte. 'Dat noem jij organisch.'

Nu keek Emma van hem weg. 'Dat was nooit de bedoeling. Dat was Edo's eigen initiatief. Hij stuurde me er sms'jes over. Onaanvaardbaar, vond ik. Maar het was al in gang gezet, hij beweerde dat hij die twee jongens niet kon terugfluiten. En er gebeurde precies waar ik al bang voor was. Vóór die tijd was alles perfect georganiseerd. *Untitled* is op reis geweest naar Oslo, naar een plaatsje vlak bij Berlijn, naar Gdansk, Praag, Boedapest. En dus ook naar Ljubljana. We waren bezig een meesterwerk te creeren. Een reizende stille performance. Alles is gedocumenteerd, met foto's en verhalen. In die zin is mijn werk voltooid.'

'Maar waarom heb je de Rothko dan niet snel uit die school laten weghalen?'

Weer een zucht, maar wel een waar desondanks enige affectie in doorklonk.

'Dieven halen een buit weg als de buit opgespoord dreigt te worden,' antwoordde ze. 'Ik ben geen dief, en *Untitled* was geen buit. Snap je dat nou nog niet? Je had de keuze mij te devalueren tot dief, door aangifte te doen. Dat heb je niet gedaan, en daar ben ik je dankbaar voor. Je hebt de verdwijning niet openbaar gemaakt. Maar je hebt me ook niet in staat gesteld mijn kunstwerk te voltooien. Je onderbrak het verhaal, of liever gezegd, je hebt jezelf tot onderdeel van mijn project gemaakt door *Untitled* eigenhandig terug te halen. Je bent een beetje medeschepper van mijn project geworden. Ikzelf had een andere, minder... minder dwingende afronding in gedachten.'

'Mag de medeschepper misschien weten wat je nu met je project van plan bent?' vroeg Verhooff met een machteloos sarcasme.

'Weet ik niet,' zei ze oprecht. 'Niets, denk ik. Ik wacht. Zonder jouw medewerking kan ik *Untitled Revisited*, zo wil ik het noemen – zonder jouw medewerking kan ik het project, de beelden, de films en foto's, de verhalen van de mensen bij wie het in bruikleen was, de hele documentatie waaruit het project bestaat, niet openbaar maken. Later wel, onder andere omstandigheden.'

'En welke omstandigheden had je in gedachten?'

'Directies komen en gaan. Jij hebt bij het Hollands ook niet het eeuwige leven. Dat vertel je me net zelf.'

Verhooff bleef zich verbazen over haar vermetelheid. Aan de andere kant: Emma las natuurlijk ook kranten.

'Onder een nieuwe directeur kan het zijn dat er belangstelling is voor mijn kunstwerk,' ging ze verder. 'En dan is de, uh, bruikleen van *Untitled* ook minder beladen. Maar het kan natuurlijk ook zijn dat de huidige directie ineens inziet dat mijn totaalproject *Untitled Revisited* op maar één plek thuishoort: in het Hollands.'

Verhooff kon het niet helpen: hij schoot in de lach. Bruikleen. Ze had het werk in bruikleen gekregen. Emma praatte gewoon door.

'Geef toe, als een ander museum mijn *Untitled Revisited* toont, dan krijgt het Hollands in mijn totaalproject onvermijdelijk de rol van pion in mijn schaakspel. Wil jij dat? Dat denk ik niet. Maar als het Hollands zelf mijn werk aanschaft, is dat op te vatten als een statement. Het voordeel is ook dat het Hollands Museum na de aankoop van *Untitled Revisited* eigenaar is van alle onderdelen van het project, dus ook van al mijn remakes van *Untitled*. Bij aankoop hoef je dus niet eens om een gunst te vragen als je een tijdelijke stand-in nodig hebt.'

Emma zat nu licht voorovergebogen tegenover hem, bijna in een houding alsof ze zijn handen vast wilde pakken. Is er tegen deze vrouw ooit nee gezegd toen ze kind was?

'Stel dat ik akkoord ga,' zei hij, 'hoeveel moet je... totaalproject dan kosten?' Hij had moeite om haar vocabulaire over te nemen, dat leek te veel op instemming.

'Ben je op de hoogte van wat mijn huidige werk opbrengt? Het Ludwig in Keulen heeft mijn Richter-adaptatie aangeschaft voor twintigduizend euro. Op veilingen brengt mijn werk tegenwoordig zo rond de vijftien- à twintigduizend euro op. Met die doeken kan ik mijn hele leven verdergaan. Dat experiment is nog lang niet volbracht. Maar *Untitled Revisited* is eenmalig en onherhaalbaar. Ik hoop dat je dit allemaal mee laat wegen als ik je de aankoopprijs noem die ik in gedachten heb.'

'En die is?' vroeg Verhooff korzelig. Het betekende meestal niet veel goeds als een kunstenaar een heel betoog hield alvorens een bedrag te noemen.

'Moeilijk te zeggen,' antwoordde Emma. 'De productiekosten voor het hele project waren natuurlijk hoog. De logistiek slokte veel geld op. Het transport, de organisatie... De assistenten op locatie wilden soms ook betaald krijgen, want niet iedereen deed uit louter idealisme mee. Je zou het niet direct zeggen, maar er waren tienduizenden euro's mee gemoeid. Ik heb twee leningen af moeten sluiten om het budget sluitend te krijgen. De schrijver die ik heb gevraagd om het hele verhaal op te tekenen, vroeg ook een stevig honorarium. Dat had ik onderschat.'

'Zeg het nou maar,' zei Verhooff, in de greep van een langzaam opstijgende lusteloosheid. Emma wist dat hij geen kant op kon. Hij kon niet zonder haar remake.

'Ik denk aan een speciaal gereduceerd aankoopbedrag voor het Hollands. Het mag wel iets lager zijn dan mijn reguliere werk doorgaans opbrengt.'

Dat viel hem dan weer van haar mee.

'Ik noem je mijn prijs, en dan kun jij je afweging maken. Je hoeft natuurlijk niet meteen te beslissen.'

'Dat lijkt me ook niet,' zei Verhooff. Ter plekke handjeklap, dat moest er nog bij komen.

Emma schoof haar theekopje van zich af terwijl ze hem nu recht in de ogen keek.

'Eén euro. En geen onkostenvergoeding. Die neem ik voor eigen rekening.'

Het duurde even voordat Verhooff iets antwoordde. Als hij niet oppaste, stemde haar gulheid hem dankbaar – wat ook weer niet de bedoeling kon zijn, want het begin van deze geschiedenis bestond uit misbruik van vertrouwen. Uit verraad.

'Kijk je daarvan op?' vroeg Emma. 'Begrijp je het niet? Het ging mij vanaf het begin om de kunst, en niets dan de kunst. Als ik een meesterwerk los wil weken van het miljoenenbedrag dat eromheen hangt, zou het wel erg vreemd zijn als ik mijn project alsnog in verband breng met handel en kapitaal. Eén euro is een prima prijs. Redelijk en billijk.'

Verhooff gaapte haar als de eerste de beste onnozele hals aan. Emma schoot in de lach. Hij verschoof iets onduidelijks aan zijn colbert en overhemd.

'Dat is akkoord. Ik heb geen bedenktijd nodig.'

Daar dook weer die jongen op van rond de negen jaar, de grote vent in het zwembad. Eén aspect van die herinnering aan de desastreuze sprong had hij extra krachtig verdrongen. Maar dat aspect drong zich nu aan hem op. Hij had indruk willen maken op een meisje uit zijn klas.

'Fijn,' zei ze, en reikte hem de hand.

Hun handdruk over tafel duurde kort, was gehaast, licht ge-

geneerd zelfs, alsof zij dachten dat alle andere aanwezigen in de brasserie hen bespiedden.

'Behalve mijn assistenten op locatie weet niemand van het project,' ging ze verder. 'Op één iemand na. Die heb ik al een tijdje geleden aangeschreven. Je kent hem, al ken je hem geloof ik niet persoonlijk. Hij was direct geïntrigeerd door mijn project. Ik heb hem gevraagd een essay te schrijven bij *Untitled Revisited*. Dat is een mooie tekst geworden. Met veel krediet en begrip voor jouw tweestrijd en jouw, zoals hij het noemt, zelfbeheersing. Iedere andere directeur zou vermoedelijk als een dolle stier naar de autoriteiten zijn gerend. Jij niet. Dat waardeert hij.'

'En wie mag dat dan wel zijn?' Verhooff voelde zich tegen wil en dank gestreeld. Hij gokte op een vakkracht van een specialistisch kunsttijdschrift.

'Bernard Shorto,' zei ze. 'Een heel benaderbare man, wist je dat? Hij zag meteen in dat ik met *Untitled Revisited* de uiterste consequentie trok uit zijn theorieën. Volgens hem bezegel ik met *Untitled Revisited* niet alleen het einde van de kunst, maar open ik direct onvermoede perspectieven. Zo schrijft hij het, letterlijk.'

Verhooff knikte. Een groot en weids gevoel van verzoening met de wereld welde op in zijn borst. Emma Duiker, van kwelgeest geëvolueerd tot ongrijpbare idealiste, onderging een nieuwe gedaanteverwisseling. Voor zijn ogen veranderde ze in een altruïstische schikgodin.

Zijn plotselinge verzoening met al het omringende moest van zijn gezicht te lezen zijn, want Emma vroeg: 'Ben je overtuigd? Vertrouw je nu eindelijk mijn bedoelingen?'

Hij knikte, verlegen bijna. Hij vroeg haar naar details over de reis die *Untitled* had gemaakt langs de diverse plaatsen die zij noemde. Emma leek op die vragen te hebben gewacht en vertelde, nu vrij van reserves, honderduit over reacties van, bijvoorbeeld, gedetineerden in Oslo die *Untitled* langzaamaan naar waarde hadden weten te schatten; over bejaarden in Boekarest die hun borduurwerk op *Untitled* hadden afgestemd; over kinderen, niet alleen in Novo Mesto, die het werk hadden nagetekend en van wie sommigen een zonsondergang in de driekleur hadden gezien. Dat waren geen trivialiteiten van een publiek dat ongevoelig was voor grote kunst, maar tekenen van universele affectie voor een meesterwerk van onschatbare waarde, benadrukte ze.

Ze vertelde met een begeestering waar Verhooff door was

aangedaan. Maar aangedaan of niet, hij stelde zichzelf gerust met de gedachte dat het originele *Untitled* inderdaad zonder problemen tijdelijk kon worden vervangen door Emma's remake.

Toen ze zich enige tijd later weer in de grote hal van het Hilton bevonden en op weg waren naar de uitgang, keerde Verhooff zich naar haar toe.

'Luister,' zei hij. 'Als je me destijds je plan had voorgelegd, en als je me toen had uitgelegd wat je me nu allemaal hebt verteld, dan had ik uiteindelijk ja gezegd. Ja, echt. Dan had ik met je plan ingestemd en had het niet op deze manier gehoeven.'

En was de Rothko nog heel geweest, dacht hij, maar die gedachte liet hij achterwege. Voor even was de schade aan *Untitled No. 18* een bijkomstigheid. Ná dit gesprek, zo prentte Verhooff zichzelf in, mocht het weer worden wat het was: een bron van voortdurende zorg en kwelling.

Ze was stil blijven staan, en hij vanzelfsprekend ook. Ze draaide haar hoofd schuins naar hem toe, met haar kin naar beneden gedrukt, bijna tegen de holte tussen haar sleutelbeenderen.

'Dat is niet waar,' zei ze toen, 'en je weet dat dat niet waar is. Misschien dat je dit nu achteraf zo vindt, na alles wat ik je heb verteld. Maar je had nooit toestemming gegeven. Laten we het niet mooier maken dan het is. Dus dat kun je maar beter niet nog eens zeggen. Toch?'

Ze naderden de uitgang.

'Waar moet je naartoe?' vroeg hij. 'Ik neem een taxi terug naar het Westelijk Havengebied. Kan ik je ergens afzetten?'

Dat was niet helemaal waar – dat wil zeggen, Verhooff wilde wel een taxi nemen, maar dan direct naar huis. Hij had na dit gesprek de energie niet meer om zijn kantoor voor zich te zien, laat staan te betreden.

'Nee, hoeft niet, joh. Ik ben op de fiets.'

Hij had al voorvoeld dat ze zijn aanbod zou afslaan, maar met de bewoordingen was Verhooff toch tevreden. 'Hoeft niet, joh'. Als een vrouw van nog geen dertig 'joh' tegen je zegt, is niet alles verloren. Hoe ver waren zij in feite van elkaar verwijderd? Wat scheidde hen precies? Een meesterwerk? Of hoogstens die ene euro?

Eenmaal buiten ging ze soepel de vijf brede traptreden bij de entree van het Hilton af. Hij had een hekel aan het woord, maar hij zag wat hij zag, en ze deed wat ze deed: ze *dartelde* die vijf treden af.

'Emma! Nog één ding...' Hij liep ook de trap af. Vanzelfsprekend nam hij de vijf treden níét dartelend.

'Deze week nog ontvang je onze koopovereenkomst. Mocht er iets in staan waar je nog nader overleg over wilt hebben, dan moet je me bellen.' Hij trok zijn portefeuille. 'Dit wordt de eerste aankoop voor het Hollands die ik letterlijk uit eigen zak betaal. Hier.'

Hij overhandigde haar een euro. Met een ironisch lachje nam ze het aan. Toen stak hij opnieuw zijn hand uit, om de koop te bekrachtigen.

Hun handdruk duurde ook deze keer heel kort, want zij trok haar hand snel genoeg terug, zodat hij niet de stommiteit kon begaan om zijn vrije hand, deels vaderlijk, deels klef dwepend, om de hare te leggen.

Ze rechtte haar rug, legde met haar vingers rechtop haar beide handen plat tegen elkaar en maakte toen een kleine buiging, meer een hoofdknikje. Vragend trok Verhooff een wenkbrauw op.

'Japanse groet,' zei ze, 'maar het betekent ook: bedankt.'

Theatraal grijnzend spreidde hij zijn armen.

'Mijn god, je gaat me toch niet vertellen dat je de Rothko ook naar Japan had willen torpederen.'

Zijn opmerking viel opmerkelijk genoeg niet verkeerd.

'Nee,' zei ze onbezorgd, terwijl ze zich omdraaide om weg te lopen, 'maar je brengt me wel op een idee.'

'Goed zo,' wilde hij zeggen, maar hij bedacht zich en liet haar het laatste woord.

Er stonden geen taxi's aan de Apollolaan voor het Hilton, dus ging hij terug naar binnen om bij de receptie te vragen of er één gebeld kon worden. Van achter de glazen wand van de entree zag Verhooff hoe Emma voorbij het parkeerterrein van het hotel het slot tussen de spaken van haar fiets uit wurmde. Zonder om te kijken fietste ze weg, met rechte rug. Het fiere en onbezorgde wapperen van haar lange zwarte haar – niets bleef hem bespaard. Verhooff merkte te laat op dat de receptioniste achter de balie op haar gemak bekeek hoe de non-descripte man van midden veertig de uitgesproken vrouw van nog geen dertig stond na te kijken.

De taxirit van Hilton naar zijn driekamerappartement bij de Zuidas duurde minder dan tien minuten. Vanaf de achterbank overhandigde Verhooff de chauffeur het driedubbele van de ritprijs.

'Laat maar zitten,' zei hij snel, en hij vroeg geen bonnetje.

Die avond ging zijn huistelefoon. Dat kwam niet vaak voor; hij werd vrijwel altijd op zijn gsm gebeld.

'Jelmer? Bel ik gelegen?'

Doordat Albertien Wijffels, de wethouder van Cultuur, hem bij zijn voornaam aansprak, begreep Verhooff direct welke boodschap ze kwam brengen.

'Je secretaresse zei dat je vermoedelijk thuis te bereiken zou zijn.' Ze liet een korte pauze vallen, want binnen kantooruren was dit, ook voor een directeur van een museum voor moderne kunst, niet helemaal comme il faut. 'Morgen ontvang je een uitnodiging voor een gesprek op het stadhuis. Maar ik wil je bij dezen vertellen dat we je termijn niet verlengen en dat we later deze maand een sollicitatieprocedure beginnen voor de nieuwe directeur van het Hollands. In de persberichten zullen we benadrukken dat jij op onovertroffen manier het Hollands door een enorm lastige periode van verbouwing en reorganisatie hebt begeleid, en dat de gemeente Amsterdam je zeer erkentelijk is voor je werkzaamheden. De wisseling van de wacht heeft niets, ik herhaal, niets met jouw functioneren te maken. Maar je begrijpt denk ik zelf ook dat een vernieuwd en herbouwd Holland Museum dat weer internationaal wil gaan meetellen, een directeur nodig heeft die deze internationale ambities als het ware belichaamt. Daarom stellen wij in de sollicitatie nadrukkelijk dat het Hollands zich richt op kandidaten van buiten de landsgrenzen en met een internationale staat van dienst. Verder, en ook dat is een factor van belang, geven we, bij gelijke geschiktheid, de voorkeur aan een vrouw. In de Nederlandse museumwereld worden te weinig topfuncties bekleed door vrouwen. Dat zul je met me eens zijn.'

'Heb ik even pech dat ik nét niet in beide categorieën val,' zei hij. 'Maar als je erop zou aandringen, wil ik best in Antwerpen gaan wonen.'

Toen er niet direct een reactie kwam, zei Verhooff droogjes: 'Albertien. Dat was een grapje.'

'Dat weet ik,' zei ze, en ze ging in één moeite door. 'De nieuwe aanstelling vindt idealiter over vier maanden plaats. Vanaf het moment van de bekendmaking van de sollicitatieprocedure ben jij formeel gezien directeur ad interim. In de praktijk betekent het dat er in die vier maanden niets aan jouw bevoegdheden verandert. Het enige wat wél anders ligt, en ik zeg je dit omdat sommigen van je voorgangers dit niet altijd goed hebben begrepen, zag ik in de dossiers – het enige is dat je vanaf dan geen grote aankopen meer voor het Hollands kunt doen. En onder "groot" rekent de gemeente aankopen hoger, dan...' – Verhooff hoorde het ritselen van papieren – 'twee ton.'

'Dat is toevallig,' zei Verhooff. 'Ik heb net vandaag de allerbelangrijkste en allergrootste aankoop voor het Hollands gedaan van mijn hele periode.'

'O ja?' De wethouder was kennelijk zozeer in beslag genomen door de bijzonderheden van haar onheilstijding dat ze vergat te vragen welke aankoop dat dan was.

Epiloog

Zullen we het er maar op houden dat het een bijzonder leerzame *ervaring was om aanwezig te zijn bij de feestelijke heropening van het Hollands? Die heropening verliep precies zoals ik me had voorgesteld. Er was een indrukwekkende gastenlijst, eindelijk was Amsterdam weer eens epicentrum van de internationale kunstwereld. De publiciteit in binnen- en buitenland was overweldigend. Een groot aantal kunstenaars van naam nam deel aan diners, symposia, debatavonden. Er was zelfs – alles voor de popularisering – een roedel tv-sterretjes opgetrommeld, dat voor de gelegenheid erg veel op had met hedendaagse kunst. Eregasten waren vier leden van het Koninklijk Huis, inclusief kroonprinses en koningin. Daar moest maandenlang gelobby aan vooraf zijn gegaan.*

Alleen ikzelf speelde een andere rol dan ik destijds in gedachten had gehad. Laat ik het anders zeggen. Ik speelde geen énkele rol. Dat was, nou ja, ik zei het al: leerzaam.

Pro forma verwees Claire Barrès, de Française die uiteindelijk door de sollicitatiecommissie als mijn opvolger was aangewezen, in een enkele speech nog naar mijn werkzaamheden die de aanloop vormden voor de verbouwing en heropening. Maar dat feit behoorde tot de wereld van eergisteren. In het verbouwde Hollands Museum triomfeerde het hier en nu en lag men als een slaafse hond te hijgen op de deurmat van het heden, wachtend op het baasje, grootvorst Toekomst. Ik formuleer het bloemrijk, want als ik dat niet doe, klinkt alles wat ik zeg rancuneus, bitter, boos.

Goed. Laat ik me bij de feiten houden. Ik was een van de drie ouddirecteuren van het Hollands die aanwezig waren. Die andere twee zijn al ver over de vijfenzestig, en dan ben je er, denk ik zo, aan gewend dat vrijwel iedereen met wie je in gesprek komt na een halve minuut over je schouder kijkt, lonkend naar beter gezelschap, interessantere gesprekspartners, avontuurlijker personen en personages. Ikzelf maakte er tijdens de heropening voor het eerst kennis mee, met die hele choreografie van ontwijking, beleefde distantie en terugtrekkende bewegingen. De uitgekookte achterwaartse huppelpasjes van de socialites. *De lenige overstap die iemand maakt door al pratend snel een ander aan te klampen...*

Zelfs de meeste kunstenaars met wie ik in mijn tijd als galeriehouder had gewerkt, bedienden zich van die choreografie. In het begin had ik er plezier in net te doen alsof ik het niet opmerkte. Dan liet ik de ander, die met snelle oogbewegingen over mijn schouder keek, niet zo een-twee-drie gaan en begon ik een zogenaamd dwingend en 'persoonlijk' gesprek. Meteen trekjes van ongemak en ingehouden irritatie bij de mondhoeken van de ander. Daar had ik plezier in – zolang het duurde.

Halverwege de heropening gaf ik die kleine vorm van sociale sabotage op en wendde me in arren moede tot gezanten uit de coterie waartoe ik nu behoor: bestuursleden, ex-politici, grijzende vergadertijgers en wufte kunsttruusjes uit het bedrijfsleven.

Na mijn vertrek bij het Hollands werd ik overstelpt met vragen en aanbiedingen. Alleen waren het allemaal aanbiedingen uit het echelon van bonzen en bonsjes, ver buiten het domein waar 'het' allemaal gebeurt. Ik nam zitting in de raad van bestuur van de Van Gogh-stichting. Werd bestuursvoorzitter van Kunsten Centraal Nederland. Was voor even gastcurator in Museum Folkwang in Essen. Geestig: ik verdien drie keer zoveel als in mijn tijd bij het Hollands, maar voor de mensen met wie ik vroeger dagelijks verkeerde, ben ik een quantité négligeable.

Toen stond ik ineens naast iemand die ik zélf niet kon plaatsen. Hij wees vluchtig naar de marmeren vloer en zei: 'Ze zien het niet, hè. Niemand die erbij stilstaat.'

Het was de opzichter die de uitbreiding van het Hollands had geleid. Hij wees naar de vloer, met op zijn gezicht de vreugde die hij ook al had gehad toen ik regelmatig met hem rondjes langs de bouwvloer had gemaakt.

'Vijfenzestigduizend marmeren blokjes. In die hele granitovloer met de hand ingelegd.'

'Precies,' antwoordde ik. Over de hoofden van de gasten wees ik naar de verste muur van de nieuwe hoofdzaal en vroeg: 'Hoeveel plaatmateriaal ook al weer?'

De opzichter grinnikte. 'Achtendertigduizend vierkante meter afdek- en voorzetplaten.'

'Negen kilometer klimaatinstallering,' antwoordde ik.

'Juist. Vijftigduizend kubieke meter grond afgevoerd. Achtenveertighonderd kuub beton gestort.'

Ik: 'Acht stalen liggers van vierenveertig ton.'

Hij: 'Blikken C*-profiel, voor in totaal negenenveertig kilometer.'*

Ik: 'De vrachtwagenlift?'

'Op vijftien meter diep uitgegraven,' antwoordde de opzichter on-

middellijk, en hij voegde eraan toe: 'Kijk, dát vertelden ze niet, hè, bij de rondleiding van de koningin vanmiddag, in kleine kring. Ikzelf mocht niets zeggen, alleen je opvolger Claire had het hoogste woord. Veel praten en dralen bij de favorieten van Hare Majesteit. Chagall, Matisse, Rothko... Ja, de dames konden fijn zwijmelen.'

Het viel hem niet op dat ik met een schokje opkeek, en anders dacht hij wel dat ik misschien een kleine steek van afgunst onthulde vanwege het feit dat ik niet was uitgenodigd voor die rondleiding – wat ik ook niet was. Untitled *hing in de hoofdzaal van het oude gebouw, dat had ik natuurlijk gecontroleerd. Verder had ik in het voorbijgaan nog naar Olde Husink geknikt. Ik kreeg een haastig knikje van hem terug. Ik betaal hem nu uit eigen zak en onderhands om de restauratie te voltooien. Het is mijn laatste feitelijke contact met iemand van het Hollands – een clandestien contact, maar toch.*

De opzichter had nog veel cijfers op zijn repertoire, maar nu was ík het die zich uit het gesprek wurmde – niet omdat ik elders een belangrijker gestalte ontdekte, maar omdat ik uit de menigte wilde verdwijnen, richting uitgang, met de zo-even uitgewisselde getallen in de achterzak. Die cijfers vormden een nieuw en abstract eigendom, een stil eerbewijs aan bedrijvigheid die ondergesneeuwd was geraakt.

Ik baande me een weg door de honderden genodigden. Het gedruis van de conversaties hing als een grote gaswolk boven in de zeven meter hoge nieuwe zaal. De vorstin en Untitled *– ik zag het gemakshalve maar als een lakmoesproef. Emma Duiker was hier vast ook, net als de negentien andere jonge kunstenaars van* Duel. *Straks liep ik haar nog tegen het lijf. Liever niet. Zou zij bij die rondleiding in kleine kring zijn geweest? Zou Emma de koningin en de directrice hebben geobserveerd, in gedeelde mierzoete bewondering voor... voor een essentieel onderdeel van haar geheime project? In een clausule van de aankoop had ik een, zoals ik het had getypeerd, 'moratoriumperiode van tien jaar' ingevoegd. Misschien was dat achteraf iets te lang. Ik verlangde ineens naar een spoedige openbaarmaking van Emma's project. Het zou een onvermoede terugkeer naar het Hollands betekenen, maar nu als deelnemer, schakel, gestalte in het tableau dat Emma had geformeerd rond de* great travel experience *van het meesterstuk van dertig miljoen euro. Maar ook zou ik terugkeren als een gebrandmerkte figuur, een anonieme gestalte die alsnog zou afglijden naar een schandaal, mismanagement, falend directeurschap, rechtszaken misschien zelfs... Kon het me allemaal nog iets schelen?*

Bij de entree zocht ik mijn binnenzakken af naar het fiche voor de garderobe. Ook dat nog. Ik voorzag het scenario bij de balie van de garderobe -'Wie zei u? Verhooff? Ja, aan namen heb ik niks, ik heb toch echt uw nummertje nodig' – toen ik een hand om mijn bovenarm voelde en...

Nee, dít is de epiloog

...en juist toen Verhooff erin leek te slagen om, voortijdig en ongezien, de feestelijke opening te verlaten, klampte iemand hem aan, die hij pas herkende toen die begon te praten.

'*Hi Jelmer! The guy who once had the greatest loft in Amsterdam! What are you up to, these days?*' Het was de jonge curator van het MOMA, die met het goudblonde haar en de scheiding in het midden. Verhooff gaf een welwillend knikje, in de hoop dat de ander snel een andere razend interessante *guy* in het vizier zou krijgen.

Maar zo makkelijk kwam hij niet van de goudblonde jongen van het MOMA af. De Amerikaan had hem enthousiast bij de schouder vastgepakt. Op zijn vraag aan Verhooff wat hij momenteel deed, verwachtte de jongen blijkbaar geen antwoord. Hij ging in één moeite door: '*Great show*! Wat een voorrecht om al deze topstukken uit de schatkamer van het Hollands eens bij elkaar te zien.'

Dit klonk alsof de MOMA-curator een ander woordelijk napraatte.

'Maar weet je,' ging hij verder, 'voor mij is de echte openbaring van deze show boven te zien. Weet jij dat wij van het MOMA al vier jaar bezig zijn met het grootste retrospectief dat ooit van Mark Rothko te zien zal zijn? Dat kan nog nét. Wereldwijd zijn er steeds meer musea en verzamelaars die de werken van Rothko niet laten reizen. Over tien, vijftien jaar zal het onmogelijk zijn een tentoonstelling van meer dan twintig Rothko's samen te stellen. En ik zei het eerder vanavond al tegen Claire, die ik trouwens heel goed ken uit haar tijd bij het Pompidou, ik zei tegen haar: "Claire," zei ik, "weet jij wel wat ik hier zie? Ik zie hier het wonderbaarlijkste en, hoe moet ik het omschrijven, het meest transcendente werk van Rothko dat ik ooit onder ogen heb gehad." Ik bedoel, ik wist natuurlijk dat het Hollands *Untitled No.*

18 in de collectie heeft, en mijn collega's kennen het van afbeeldingen, maar nu ik er oog in oog mee heb gestaan... Ken jij de uitspraak van Rothko dat mensen soms in huilen uitbarsten bij het zien van zijn werk? Jelmer, ik wil niet zeggen dat ik een potje heb staan grienen, maar toch... En het wonderlijke is dat er altijd wordt gezegd dat Rothko eind jaren vijftig op zijn best was, dat hij in de jaren zestig toch in de greep raakte van *gloom and doom*, zie de *Seagram Murals*. Dan krijg je de verhalen dat de kleurvlakken duister werden, maar vaak ook minder intens, de vlakken omsloten je als het ware en tilden je niet meer op, maar deze *Untitled* is een... is een... is een wonder! Verklaar me maar voor gek als ik zeg dat ik in dit werk, Jelmer, de ziel van de wereld zie, maar verdomd, die ziel trilt en siddert te midden van de kleurbanen, en dat terwijl het oog en het werk zijn gescheiden door glas. Glas, juist voor dit werk, dat zo te zien in perfecte conditie verkeert! *Why, for God's sake*? Ik heb nog nooit een beter geconserveerde Rothko gezien dan jullie *Untitled*. Echt, ik zie het al voor me: dit werk komt op de cover van de catalogus van onze Rothko-blockbuster in het MOMA, het is een klein werk, maar een uniek pièce de résistance. Ik zei al tegen Claire in het voorbijgaan, ik zei: "Claire," zei ik, "geef ons deze Rothko in bruikleen en ik persoonlijk zal me ervoor inspannen dat het Hollands een paar van onze allergrootste werken in ruil terug mag lenen. Een Matisse misschien, of een setje Warhols." Juist als je deze *Untitled* ziet, dan vraag je je af: hoe deed ie het toch, die magiër, hoe speelde hij het klaar om ons een glimp te verschaffen van... ja, van verlossing, Jelmer, *Verneinung* misschien zelfs. Weet je, we zijn natuurlijk allemaal schoenlappers en schooiers, maar als wij deze Rothko in onze tentoonstelling in New York op de eretribune plaatsen, dan brengen wij misschien voor al die andere schoenlappers en schooiers op deze wereld een afschaduwing van het nirvana binnen bereik. Vind je dat ik doordraaf? Dat moet dan maar. Denk wat je wilt denken, maar *Untitled No. 18* móét naar het MOMA. En ik zie het helemaal voor me. Ons team van restauratoren gaat onderzoeken waarom juist déze Rothko in zo'n perfecte staat is gebleven, en daar brengen we dan verslag van uit in een mooi essay in de catalogus. Misschien dat we er ook een educatieve draai aan kunnen geven door infraroodfoto's uit te vergroten en die in een vitrine tegenover *Untitled No. 18* te laten zien. Het publiek waardeert zulke educatieve details enorm. Die details maken een retrospectief echt compleet. Ken je de uitspraak van die Roemeense filosoof over Bach? Kom, hoe heet ie ook al weer? Ja, Cioran, ja! Juist, wat ik wil zeggen, is dat Cioran ooit het volgende beweerde: "God heeft heel veel te danken aan Johann Sebastian Bach." Geweldig toch? Het is méér dan een schrandere omkering, vind ik. Die uitspraak raakt aan de kern van het schone, ware en het goede. Over Rothko kunnen we hetzelfde zeggen. "God heeft heel veel te danken aan Mark Rothko." Iets anders kun je niet concluderen als *Untitled No. 18* zich aan je openbaart... En als God al veel te danken heeft aan Rothko, hoeveel hebben wíj dan wel niet aan de beste man te danken? Dat idee, het besef dat het aanschouwen van een Rothko ons een glimp gunt van een schoonheid die zelfs God verstomd doet staan, dát moeten we met onze tentoonstelling in het MOMA overbrengen, met *Untitled No. 18* als het kloppend hart van de collectie, *don't you think so*, Jelmer?'

...

'Jelmer?'

JOOST ZWAGERMAN

PROZA

De houdgreep
Kroondomein
Gimmick!
Vals licht
De buitenvrouw
Chaos en rumoer
Het jongensmeisje
Zes sterren

POËZIE

Langs de doofpot
De ziekte van jij
Bekentenissen van de pseudomaan
Roeshoofd hemelt
Tot hier en zelfs verder
Beeld verplaatst

NON-FICTIE

Collega's van God
In het wild
Pornotheek Arcadië
Landschap met klein vuil
Het wilde westen
Het vijfde seizoen
Door eigen hand
Perfect Day
Transito
Hollands welvaren
Hitler in de polder & Vrij van God

Verschenen bij
Uitgeverij De Arbeiderspers